KB109490

아주
작은
인간들이
말할 때

■ 이 도서의 국립중앙도서관 출판예정도서목록(CIP)은
서지정보유통지원시스템 홈페이지(http://seoji.nl.go.kr)와
국가자료공동목록시스템(http://www.nl.go.kr/kolisnet)에서 이용하실 수 있습니다.
(CIP제어번호: CIP2020031935)

아주
작은
인간들이
말할 때

이근화

이름 없는 것들을
부르는
시인의 다정한
목소리

마음산책

아주 작은 인간들이 말할 때

이름 없는 것들을 부르는
시인의 다정한 목소리

1판 1쇄 발행 2020년 8월 20일
1판 2쇄 발행 2021년 8월 5일

지은이 | 이근화
펴낸이 | 정은숙
펴낸곳 | 마음산책

편집 | 권한라 · 성혜현 · 김수경 · 이복규   디자인 | 최정윤 · 오세라
마케팅 | 권혁준 · 권지원 · 김은비   경영지원 | 박지혜

등록 | 2000년 7월 28일(제13-653호)
주소 | (우 04043) 서울시 마포구 잔다리로 3안길 20
전화 | 대표 362-1452 편집 362-1451   팩스 | 362-1455
홈페이지 | www.maumsan.com
블로그 | blog.naver.com/maumsanchaek
트위터 | twitter.com/maumsanchaek
페이스북 | facebook.com/maumsan
인스타그램 | instagram.com/maumsanchaek
전자우편 | maum@maumsan.com

ISBN 978-89-6090-636-5 03810

* 책값은 뒤표지에 있습니다.

대단치 않은 삶을 구제하는 대단함이
그녀의 작고 아픈 몸속에 있었다.

■ 일러두기

1 외국 인명, 지명 등은 외래어 표기법을 따르되 관용적인 표기와 동떨어진 경우, 절충해서 실용적 표기를 따랐다.
2 잡지, 영화, 음악, 텔레비전 프로그램 등은 〈 〉로, 단편은 「 」로, 책 제목은 『 』로 묶었다.
3 본문에 인용된 김혜순의 「피어라 돼지」와 「날개 환상통」은 한국문예학술저작권협회의 허가를 얻어 수록하였다.

아주 작은 인간들이 말하는
연민과 사랑 같은 것

움직임보다는 생각이 많아서 탈이다.

생각은 가만히 내버려두면 식물처럼 시들고 썩어버린다. 우리는 서로 다른 식물이어서 저마다 자신의 생각을 가꾸는 고유한 방식이 있을 것이다. 사십대 중반 월곡동 버스 정류장에 서서 나는 돌연 어리둥절했다. 기분이 몹시 가라앉고 이상하게도 어딜 가야 할지 알 수 없었다. 왜 그런지 잘 알지 못하였다. 얼마간 죄책감과 억울함이 뒤섞여 있었던 것 같다. 마카롱을 한 상자 사 들고 가장 가까이 손 내밀 수 있는 사람을 떠올렸지만 잠깐 거리를 두고 침묵을 지키기로 했다. 불면의 밤이 계속되었고 우울감을 떨쳐버리기 어려웠다. 이 세계 여성들의 삶에 관해 기웃거리기 시작했다. 이것저것 가리지 않고 읽고 보고 들으며 생각하였다.

서로 다른 방식으로 살아냈던 여성들의 삶을 들여다보는 일, 내게는 그것이 나 자신을 더듬어보는 데 필요했다.

마르타 아르헤리치, 정세랑, 모드 루이스, 김경후, 크리스토퍼 울, 한나 아렌트, 패티 스미스, 가쿠타 미츠요, 진 리스, 정다운, 낸 골딘, 비비안 마이어, 신디 셔먼, 김언희, 한나 윌키, 이주란, 수전 손택, 엘리자베스 스트라우트, 진수미, 권여선, 봉준호, 고레에다 히로카즈, 도나 해러웨이, 김혜순, 기예르모 델 토로, 황정은, 펠릭스 곤잘레스 토레스, 신해욱, 베아트릭스 포터, 비타 색빌웨스트, 제인 구달, 유발 하라리, 사사키 아타루 등이 이 책에서 주로 언급되고 있다(물론 남성들도 포함되어 있지만).

'나'란 온전히 이해되지 않아 어리석게도 매번 다시 들여다봐야 한다. 그건 두려움에 맞서 싸우는 일이기도 하고 불확실성을 수용하는 일이기도 하다. 폭력적인 세계에서 평화를 꿈꾸는 일이 무용하다 말할 수 있는 사람은 없을 것이다. 관계의 불화 속에서도 사랑을 멈추지 않는 것이 사람이 가질 수 있는 용기일 것이다. 예상치 못한 사건이 벌어져도 인간은 하던 일을 마저 하고, 계속될 것 같은 일들이 갑자기 멈추어도 사람은 죽지 않는다. 돌연 사라져 더 이상 만날 수 없는 사람도 있다. 이 모든 혼란과 혼돈 속에서 당황스러움을 감추지 못하고 주저앉더라도 삶은 지속된다는 엄연한 사실을 환기해본다.

얼마 전 한 죽음을 앞두고, 어쩔 줄 모르겠는 답답하고 괴로운 심정으로 선배 시인께 메시지를 보냈는데 이런 답변이 왔다. "인간은 조그맣다고 생각함". 그 말을 곱씹으며 또 한 시기를 보낸다.

우리 집에는 곰팡이조차 사랑스럽다는 듯이 오래 공들여 바라보는 아이들이 넷이나 있다. 아이들은 곧잘 그림을 그려냈고 그 그림들은 내게 위로를 건네주었다. 세상을 살아가는 올바른 방식을 상상할 수 있도록 해주었다. 이 책은 그런 아이들의 그림에 빚지고 있다. 아주 작은 인간들이 말하는 연민과 사랑 같은 것.

2018년부터 2020년에 걸쳐 쓴 글들인데 이렇게 묶고 나니 내가 좀 멋진 사람처럼 느껴진다. 그간에 또 많은 변화들이 있어서 나는 아직도 흔들리고 있다. 모든 게 시시하고 소소하게 느껴지지만 여전히 아무렇게나 함부로 살고 싶지는 않다. 이 세계를 살아갔던 출렁거리는 여자들, 움직이는 예술가들, 발랄한 아이들을 기억하고 바라보는 일을 멈추지 않을 것이다.

　　괜찮다. 어둠과 무지 속에서 스스로 길을 내며 걸어가보는 일.

2020년 여름
이근화

차 례

5 미치지
않도록, 책

어리고 약한 존재들을 향한

나직한 시선과 느긋한 마음속에는

어쩌지 못하는 감동 같은 것이 있다.

서로가 서로를 보호하려는 연민의 감정이 없다면

인간은 정말 아무것도 아닌 것 같다.

1

날마다
상상하고
질문한다는 것

도끔밥 조깔 치킨빵

우리 집 밥상 이야기

> "엥겔지수가 너무 높아서
> 시를 좀 더 부지런히 써야겠다"

순댓국은
미안합니다

신혼 초였던 것 같다. 집에 남편 친구가 놀러 왔다. 식사 때가 되어서 전날 사 온 순댓국을 데워 먹었다. 맛집에서 사 온 것이라 먹을 만했다. 그런데 남편 친구의 젓가락질이 영 시원치가 않았다. 내게는 식용 비닐에 당면과 선지를 채워 넣고 쪄낸 따뜻하고 부드럽고 고소한 순대가 소울푸드였다. 그런데 손님은 순대 같은 음식은 먹고 자라지 않은 것이다. 당연히 고기 부속물의 울퉁불퉁한 모양새나 냄새가 반갑지 않았을 것이다. 나중에서야 그걸 눈치 채게 되었다. 미안함이 밀려왔지만 그런 얘기는 꺼내지 않았다. 그날 식사가 어떻게 마무리되었는지 잘 생각이 나지 않는다. 남편은 여전히 그를 즐겨 만나고, 내게 다정한 인사를 전하는 그가 나는 밉거나 싫지 않다. 오히려 반대다. 어떤 사건이나 사람에 대해서 그의 의견이 궁금해질 때가 있다. 순대는 좋아하지 않지만 상식적이고 비판적인 사람.

막내의
도끔밥

　　　　　막내는 입이 짧다. 먹는 것에
아무런 흥미도 없고 배고픔도 그다지 느끼지 않는 것 같
다. 양가 어느 누구도 그런 식욕을 찾아보기 힘든데 정말
너무 안 먹는다. 평균 이하의 식욕 때문에 엄마인 나는
괴롭다. 조금 더 먹여보려는 노력이 무참히 무너질 때마
다 신경질이 돋고, 언성이 높아지며, 욕도 막 나온다.

　의사는 비위가 약해 소화력이 떨어지는 것 같다고 말
했다. 막내는 식탁 앞에 앉아서 날마다 괴로워한다. 야채
나 과일은 더 싫어한다. 다른 가족들이 억제할 수 없는
식욕으로 괴로워하는 것과는 참 거리가 멀다. 그런 막내
가 유일하게 좋아하는 것이 볶음밥이다. 밥을 프라이팬
에 볶아대느라 엄마도 아빠도 바쁘다. 일곱 살 어리광을
피우며 "도끔밥 줘 도끔밥!" 소리친다.

　날 괴롭히는 막내의 식욕부진 때문에 오래 잊고 있었

던 일들이 기억을 헤집고 나왔다. 초등학교 시절의 나는 학교에서 도시락을 먹는 일이 무척 괴로웠다. 밥이 네모로 굳어 있는 것도 싫고, 김칫국물이 흐르는 것도 싫고, 통 안에서 반찬이 뒤섞이는 것도 잔반이 피우는 냄새도 참기 힘들었다. 그래서 안 먹고 그대로 들고 오기 일쑤였다. 너무 허기져서 먹어야 할 때도 누군가 내 반찬을 집적거리면 더 이상 먹지 못했다. 친구들도, 가족들도 그런 나를 재수 없어 했다. 그래서 엄마는 고구마, 사과, 옥수수 그런 것들로 도시락을 채워주셨다. 냄새도, 국물도 없는. 그러니까 도끔밥의 기원은 나인지도 모르겠다.

딸들의
조깔

　　　　　　자매들은 막냇동생과는 다르게 식욕이 넘치다 못해 뻗친다. 줄곧 그래 왔다. 내 잘못이 아니다. 특히 고기를 좋아하는데 서너 살 때부터 족발을 양손에 들고 뜯었다. 딸들은 고소하고 쫄깃한 껍데기를 벗겨 먹으며 환장했다. 다 먹고 나면 얼굴과 손이 번지르르했다. 쳐다보고 있으면 좀 그렇다. 돼지 다리뼈를 잡고 뜯는 귀여운 공주님은 없으니까. 좀 우아하게 살고 싶은 엄마의 마음은 아랑곳하지 않고, "조깔 사줘 조깔 사주라니까". 마치 욕 같다.

족발은 친정 엄마도 좋아하신다. 할머니와 손주들이 사이좋게 나눠 먹는 것이 나쁘지는 않다. 가족 여행을 갔는데 제주 흑돼지는 발도 맛있더라는 것. 앞발과 뒷발이 다르고, 왕족과 미니족이 또 달라서 고민이 된다. 도대체 어떤 발을 골라야 하는 건지. 짱구네 아줌마는 도대체 얼마나 많은 돼지발을 평생 삶고 썰어왔던 것일까. 잘린 돼지발들이 잔뜩 쌓인 큰 다라이를 보면 마음이 무거워진다. 삶기 전에 그것은 무척 뽀얗다. 당장에 어딘가로 향해 갈 것처럼 보인다. 몸 없는 발들아, 미안하다. 딸들이 너무 심하게 뜯어서. 임신과 출산을 반복하며 입맛이 완전히 달라진 나는 이제 비린내도 누린내도 싫어서 채식주의자에 가까워지려고 한다. 딸들의 식욕과는 무관하게 야채 코너에 오래 서 있게 된다. 정육의 붉음이란 무엇인가. 한숨이 쏟아져 나온다.

냉면의
쨍한 맛

내가 나고 자란 변두리 재래시장 골목에는 오래된 냉면집이 있다. 냉면집은 중년의 나보다 나이가 많다. 원래 주인이었던 할머니는 이제 나오지 않고 그 아들이 운영한다. 주인 아저씨는 눈이 부리부리하고 땅딸막하다. 주문을 능숙하게 받고 계산은 더 잘한다. 그 집의 냉면 맛은 시내의 고급 냉면과는 아주 다르다. 깔끔한 육수에 얇은 편육이 아니다. 그러니까 골목 냉면은 달고 고소하고 시큼하고 쨍한 맛이다. 그런데 또 그게 그대로 중독성이 아주 강하다. 그건 냉면이 아니라 골목냉면이다. 종류가 다르다. 남편도 덩달아 "오늘은 냉면이 아니라 골목냉면이 먹고 싶다"고 말한다. 유학 간 동네 친구도 몇 년에 한 번씩 들어오면 꼭 그걸 먹고 간다. 곱빼기로 싹싹 쓸어 먹고 돌아간다. 단가를 맞추기 위해 분명 중국산 고춧가루와 참기름을 쓸 텐데 평소에는 유기농과 저농약, 국산을 찾다가도 골목에서 무너진다. 우래옥도, 을지면옥도 아니다. 평양냉면도, 함흥냉면도 아니다. 샘밭막국수도 다 제치고 골목으로 냉면 먹으러 가는 더운 여름날이 있다.

절망하지
않겠습니다

친정 엄마가 오빠들과 나를 낳을 때 입덧이 무척 심하셨던 것 같다. 아무것도 먹지 못하는 엄마를 위해 아빠는 카스텔라와 우유를 늘 사다놓고 일을 나가셨다고 한다. 아빠를 평생 미워하며 사는 엄마도 그 얘기를 할 때는 잠깐 웃으신다. 그게 그렇게 고마워서. 푸아그라도 송로버섯도 아니고 빵과 우유 덕분에. 그러니까 내가 빵을 못 끊고 평생 달고 사는 것은 다 엄마 때문이다. 빵집 앞을 지날 때면 발걸음이 느려지고, 골목길에 빵집이 새로 생기면 궁금해져서 머뭇거리게 되는 것도 다 이유가 있다. 건강과 다이어트의 적이라지만 소용없다. 그냥 포기하고 먹겠다. 몇 달씩 배낭여행을 하며 허기졌던 이십대에는 잠깐 쌀의 끈기를 그리워한 적이 있으나 빵은 인생을 참 무난하게 해준다. 물론 슴슴한 배추 된장국을, 칼칼한 갈치조림을, 잘 익은 김치를

좋아하지만 빵도 계속 꾸준히 먹겠습니다. 절망하지 않
겠습니다.

부지런히 먹어야
하지 않겠습니까

"저는 음식 만드는 걸 좋아해
요. 잘 먹고요. 집에 냉장고도 여러 개고, 재료를 꽉꽉 채
워 넣어두고 언제라도 잘 먹습니다."

이렇게 말하면 부끄럽지만 사실이다. 비쩍 마르고 가
냘픈 시인이 아니다. 고독하고 까칠한 시인이 아니다.

"니네 집은 슈퍼마켓이구나."

친구들이 몰려와서 먹고 마시고 떠들기 좋아한다. 아
이들은 눈을 뜨자마자 오늘의 메뉴를 물어보고, 설거지
가 끝나기도 전에 후식을 찾는다. 여섯 식구가 먹어치우
는 양은 상당하다. 20킬로그램짜리 쌀 한 포대가 보름이
안 가는 것 같다. 그래서 그런가. 시금치를 삶다가, 감자
를 깎다가, 대파를 썰다가 문득 삶이 생생하게 느껴진다.
남편도 즐겨 새벽 수산시장에 간다. 자다가 스르르 나가

면 아침에 검은 비닐봉지 가득 생선이나 조개, 새우 등속을 들고 나타난다. 엥겔지수가 너무 높아서 시를 좀 더 부지런히 써야겠다. 원고료의 대부분을 먹어치우는 데 쓰니 글이 밥은 먹여준다고 말할 수 있겠다.

치킨빵

　　　　　　　일주일에 한 번씩 장터에 심봉사 도넛이 온다. 뜨겁고 달고 기름지다. 맛있다는 얘기다. 하나에 700원, 다섯 개 3000원, 5000원이면 열 개나 준다. 물론 어릴 때는 한 개에 50원, 100원 했던 것들이다.

　문제는 가격이나 맛이 아니다. 도넛을 튀기는 아줌마가 남편에게만 후하다는 것. 내가 가면 정해진 개수대로만 주는데 남편이 가면 꼭 덤을 준다. 그래서 굳이 장날마다 남편은 복잡한 장터로 차를 끌고 가서 아줌마 앞에서 싱글벙글한다.

　아이들은 도넛이라 부르지 않고 치킨빵이라 부른다. 그러고 보니 닮았다. 커다란 가마솥에 기름을 가득 채우고, 너무나 많은 반죽을 튀겨대서 거무튀튀해진 도넛, 기름진 데다가 백설탕까지 잔뜩 묻혀서 너무 맛있는 거다. 불금의 치킨처럼 말이다. 화요일은 치킨빵의 날. 최근에 이사를 해서 심봉사 노릇을 못 먹게 되었는데 아줌미가 걱정이다. 남편을 보지 못해 몹시 서운할 것인데 아줌마의 후한 인심은 또 어떤 중년의 남자가 받아갈 것인가. 도넛을 잔뜩 먹고 동그래진 배들.

밥상 노래

결혼 7년 만에 낳은 첫딸이 유치원에 가서 밥상 노래를 배워 왔다. 시어머니께서 그 노래를 듣고 무척 좋아하셔서 남편은 자꾸 노래를 시키고, 아예 녹음을 해두었다. 듣고 있으면 웃겨서 눈물이 난다.

"쌀밥 보리밥 조밥 콩밥 팥밥 오곡밥 된장국 배춧국 호박국 뭇국 시금칫국 시래깃국 배추김치 총각김치 열무김치 갓김치 동치미 깍두기 가지나무 호박나물 콩나물~"

그걸 다 어떻게 외웠는지 신기하다. 딸아이는 다섯 살 때 유치원에서 먹은 김치가 매워서 울었고, 일곱 살 때는 태권도 선생님이 사준 빨간 떡볶이를 물에 헹궈 먹었는데, 이제는 청양고추가 들어간 매운탕을 후후 불어 잘도 먹는다. 딸 파이팅.

"그래도 과일 다 먹은 다음에 씨를 자꾸 화분에 심지 말고. 알 수 없는 싹들이 자꾸 화분마다 솟아나잖아. 베란다가 알 수 없는 이파리들로 무성해진다. 하굣길에 나팔꽃, 분꽃, 봉숭아꽃 씨앗을 거둬 오느라 늦어지는 딸아, 차 조심해라. 무단 채취를 금하노라. 나팔꽃이 빨랫대를 휘감으면 빨래 널기 성가시다. 알겠지. 그냥 밥상 노래나 계속 부르기를."

함께
걸어요

각종 프로그램에 음식 소개, 맛집 탐방, 요리사 경연 그런 게 정말 많다. 레시피를 소개해주는 유튜브 채널을 부엌에 틀어놓는 사람도 많은 것 같다. 나는 그런 편은 아니다. 그냥 내 멋대로 만들고, 적당히 해서, 마음대로 먹는다. 시를 쓸 때 앞에 김소월이나 윤동주를 펼쳐놓지 않는 것과 마찬가지다. 음식을 만드는 것과 먹는 것은 굉장히 고유한 영역인 것 같다. 그래서 혼밥도 좋고, 가정식도 좋지만 가장 좋은 건 빈 접시다. 빈 접시를 보며 취할 수 있는 나른한 휴식의 자세가 좋고, 고민은 잠깐 미뤄두었다가 적절한 식사 후에 다시 생각해보면 된다. 입가심으로 먹는 차가운 맥주나 과일 한 쪽의 풍요가 감사하다.

내가 가장 싫어하는 것은 끼니를 거르는 일과 폭식이다. 정신이 피폐해진다. 그러니까 매일 적당히 조금씩 맛있게 먹기 위해 또 좀 걸어야 한다는 것을 환기하게 되는 나이, 무릇 중년에 들어선 것이다. 중년은 무겁고 진지한 것만은 아니다. 새로 이사 온 동네 길 건너편에는 야트막한 산이 있고 경사진 길을 따라 걷자면 제법 숲이 우거져 있다. 조금 더 가벼운 중년을 꿈꿔본다. 자고 나면 괜찮아진다는 말을 믿고 싶다.

내 옷이 어때서요

가쿠타 미츠요의 옷 입는 방법

"옷은 '나'를 짓는
환상 같은 것이 아닐까"

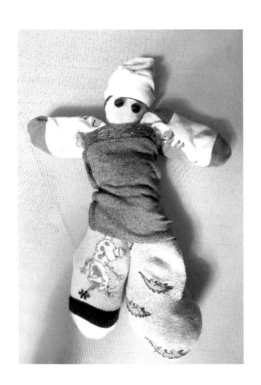

함부로 입어서
죄송합니다

집 밖을 나서는 가벼운 외출에 옷차림은 도대체 어째야 한단 말인가 고민스러웠다. 아이들을 유치원에 보낼 때나 마중 나갈 때 너무 깔끔하고 근사하게 차려입은 엄마들 앞에서 나는 좀 부끄러워지고는 하였다. 나는 확실히 예쁘고 근사한 옷을 입는 데 무관심한 편이다. 더 솔직히 고백하자면 옷을 함부로 입고 다녔던 것 같다. 장례식장에 갈 때 검은 옷을 챙겨 입을 정도만 예의를 지켜왔던 것. 격식을 따지지 않다보니 스타일이 엉망일 때가 많았다. 어울리지 않는 옷을 대충 걸쳐 입었다가 뒤늦게 깨닫고 민망해졌다. 옷은 다만 옷의 문제가 아니었다. 너무 엉성한 차림은 사람들을 불편하게 만든다는 것을 알게 되었다. 그래서 요즘은 밖에 나가면 취향에 좀 닿는 것을 사 들고 와 입어보지도 않고 옷장에 걸어둔다. 만일에 대비해서 말이다. 너무 공격적인 내가 되지 않도록 주의를 기울이는 나만의 방식이라고 할 수 있다. 문제는 내 옷장 안이 너무 알록달록하다는 데에 있다. 보통의 성인남녀가 검은색, 흰색, 회색, 청색 계열의 무난한 옷들을 즐겨 입는다면 나는 원색의 옷들을 좋아한다.

죄수복을 왜 알록달록하게 만들지 않는지 진지하게 고민해본 적이 있다. 그럼 교화와 반성에 훨씬 더 도움이 될 텐데 말이다. 내게는 무지개색 옷이 거의 다 있다. 20여 년 전 '빨간' 바지를 입고 다녀서 내가 활동하는 모임 이름이 그대로 '빨간 바지'가 되어버렸다. 선배들은 종종 내가 어디에서 옷을 사는지 물었다. 옷을 사야 할 돈으로 대개 술을 마셨던 것 같기도 하다.

고마워요
가쿠타 미츠요

가쿠타 미츠요의 에세이에서 나는 해법을 찾았다. 그녀는 명확하게 세 단계로 옷을 나눠 입는다고 말한다. 집 안과 집에서 반경 10미터 이내에

적용되는 잠옷 상태의 옷(이게 내가 거의 하루 종일 입고 있는 옷들이다. 그냥 그 상태로 외출하기도 한다)이 첫 번째 단계다. 조금 더 멀리 갈 때, 이웃들을 만나거나 역에 나갈 때는 청바지류를 입는다고 했다. 그리고 세 번째로는 갖춰 입은 차림으로 치마나 스타킹이나 코트를 입는 경우라고 말한다.* 그러니까 나는 두 가지로만 나눠 입어서 문제가 됐던 것이다. 실내복과 외출복. 그리고 실내복으로 외출까지 커버하려는 귀차니즘이 발동하여 문제가 발생하고는 했다. 그러니까 가쿠타 미츠요처럼 중간 단계 옷을 잘 활용하여 다른 사람을 민망하게 하는 일은 없어야 겠다. 이것이 나의 다짐이 되었다.

사십대 중반에 들어서니 옷 입는 것은 더 어려워졌다. 군살이 붙어서 대충 입으면 더 쉽게 곤란해졌다. 그러니 나이가 든다는 것은 평범하게 존재하기 위해 무지 애를 써야 한다는 것이다. 조금이라도 튄다면 사람들을 불편하게 만들고 사회성을 의심받게 된다. 이 평범함 속에는 깨끗한 새 옷, 적절한 수준의 브랜드, 유행에 뒤처지지

---

* 『사랑을 하자 꿈을 꾸자 여행을 떠나자』, 이지수 옮김(서커스, 2019), 227~230쪽

않는 스타일 같은 것이 포함되어 있으니 내겐 너무나 어렵다. 하루 24시간을 살면서 내가 옷을 생각하는 시간은 몇 초 되지 않는데 그런 까다로운 조건을 다 맞출 수가 없다. 그래서 가쿠타 미츠요처럼 실내복, 가벼운 외출복, 격식을 갖춘 정장을 소나무, 대나무, 매화나무 방식으로 세 단계로 나눠 나름 원칙을 지키면 좋을 것 같다. 그녀처럼 나도 아무 생각 없이 외출에 나섰다가 갑자기 차림이 이상하다는 것을 깨닫고 당황한 적이 많다. 부랴부랴 근처 옷가게에서 점원의 조언으로 황급히 차림새를 바꾸고 입었던 옷을 가방에 넣어 집에 돌아온 적도 있다.

나는 옷보다는 옷감을 좋아한다. 그래서 손수건과 목도리, 스카프가 옷보다 더 많다. 마음에 드는 천을 의자에 걸쳐놓거나 베개에 감싸놓는다. 둘둘 말린 천이 쌓인 포목점 앞에서 발을 잘 떼지 못했던 기억이 있다. 누군가 내게 비단을 준다면, 확실히 나는 그걸로 옷을 만들지는 않을 것이다.

옷장 속의
그녀들

       진 리스의 단편 「환상」에 등장하는 브루스 양은 파리에 7년째 살고 있는 초상화가이다.[*] 거리나 식당에서 예쁜 여자를 보아도 무심한 그녀는 계절에 맞춰 여름에는 나시 원피스를 겨울에는 트위드 의상을 단정하게 입고 굽이 낮은 신발과 면 스타킹 정도를 신었다. 파티에 갈 때조차도 최대한 절제된 검은색 실크 드레스를 입을 정도였다. 그러니까 옷에 까다롭지 않은, 절제된, 자존심 강한 여자인 셈이다. 그런 그녀가 갑자기 병에 걸려 병원에 이송되고, 이야기 속의 '나'는 그녀의 집에 방문했다가 옷장을 발견한다. 다소 고지식한 그녀를 닮아 있는 견고하고 오래된 가구였다. 옷장 문을 열었을 때 '나'는 크게 놀라 의자에 털썩 주저앉게 된다.

  그녀의 장롱이 열렸을 때 그 안에는 색색의 온갖 부드러운 실크들이 눈부시게 빛나고 있었기 때문이다. 전혀

---

[*] 『진 리스』, 정소영 옮김(현대문학, 2018), 9~15쪽 참조

예상하지 못했던 것이었다.

평소의 '견고한' 그녀와는 먼, 온갖 색깔과 재질의 옷들로 빽빽했다. 화장품과 향수까지 빼곡하게 들어차 있는 것을 보고 '나'는 크게 놀라고 당황한다. 걸치지 않고 걸어두는 것으로서도 옷은 존재할 수 있을 것이다. 완벽하고 아름답고 매혹적인 것을 소유하고 싶은 욕망이 누구에게나 있기 때문이다. 진 리스는 그녀의 허영심을 꼬집기 위해 쓴 것처럼 보이지만 난 그냥 그럴 수 있다고 생각하는 편이다.

옷은 종종 입을 때보다 걸어놓을 때 안심이 되기도 한다. 입는 것이든, 소유하는 것이든 옷은 '나'를 짓는 환상 같은 것이 아닐까. 내가 생각하는 나는 실제의 나보다 훨씬 더 아름답고, 우아하고, 화려하고, 멋질 필요가 있을지도 모른다. 날마다 입고 벗는 환상으로서 옷은 나보다 더 나 같은 것일 수도 있다. 사실 나는 장터나 바자회에서 파는 헌옷들을 매우 좋아한다. 기웃거리며 구경하다가 이것저것 제법 사기도 한다. 우선 값이 싸고, 옷이 멀쩡하며, 남들이 입었던 것이라 마음의 안정을 준다. 누가 나를 좀 안아주는 것 같다고 해야 할까. 새 옷은 비싸고,

차갑고, 딱딱하여 부담스럽다.

우리에게 없는
세계로 가는 통로

계절마다 6인 가족의 옷 정리
가 심란한데, 아이들은 그런 엄마의 마음과는 상관없이
버리려고 모아둔 옷들을 다시 끌어모아 저희들끼리 아
주 신이 난다. 마구 가위질을 해댄다. 아직 어려 바늘과
실의 사용을 금지시켰더니 찍찍이와 글루건을 사용해
인형 옷을 만든다. 천에 구슬과 단추를 붙이고, 레이스를
덧붙이고 하는 모습이 제법 진지해 보였다. 이 세계에서
는 못 입을 옷들을 만드는 특별한 재미에 아이들은 아주
푹 빠져들었다.

나도 어릴 때 그랬던 것 같다. 인형 옷을 만들어 입히
고 싶어서 손수건에 가위질을 해댔다. 앞뒤 면만 그려서
천을 오려 붙이면 입힐 수가 없어 품이 필요하다는 것을
알게 되었다. 옷이란 무엇인가. 입히면서 만들면서 빨면
서 옷이란 무엇이 되는 걸까. 그런 생각에 빠져 급기야

나는 골목길에 버려진 샘플 천(아마도 근처에 의상실이 있었던 모양이다)을 주워다가 아이들에게 주고, 옷마다 달려 있는 여분의 단추들을 모아 놀잇감으로 선물해주었다. 크기와 모양과 색깔이 다른 단추를 아이들은 무척 좋아했다. 마치 보석처럼 대했다. 가방에 주렁주렁 달고 다녔다. 아이들이 만든 드레스를 입고 갈 파티는 없지만 파티 복장을 만들면서 아이들은 파티 이상의 것을 경험하는 듯 보였다. 다시 옷이란 우리에게 없는 세계로 가는 통로라는 것.

언젠가 나는 원고 쓸 시간을 벌기 위해 잡지에서 구두 사진을 오려주었다(내가 잘 신지도 않는 하이힐만 골라서). 아이들에게 구두를 오리고, 또 직접 그려보는 시간을 갖자

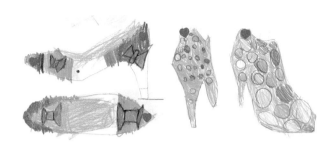

고 바람을 넣은 적이 있다.

"오늘은 너희가 구두 디자이너가 되어보는 거야. 세상에 단 하나뿐인 구두를 신고 어디든 갈 수가 있지."

원고 마감이 다급했던 것이다. 그런데 사진에는 없는 희한한 구두들을 그리는 아이들을 보았다. 구두 속에서 흘러나오는 음악이 마치 발을 새로운 세계로 인도할 수 있을 것처럼 보였다. 엄마가 쓴 엉망인 원고보다 훨씬 나았다. 아이들은 항상 나를 가르친다. 내가 모자라서 아이들을 겁도 없이 많이 낳은 것 같다.

여행 가방 속의 '나'

길에 대한 상상과 새해 인사법

> "결코 되돌릴 수 없는 시간과 장소를
> 담으려는 불가능한 시도"

호주머니 속에
들어 있는 것

걸리버가 탄 배가 난파되어 릴리퍼트에 이르렀을 때 그는 소인들에게 커다란 위협감을 주었다. 소인들은 '산 같은 사람' 걸리버를 밧줄로 꽁꽁 묶어두고 꼼짝 못 하게 한다. 대화와 회유로 소인국의 왕을 설득한 걸리버는 얼마간 경계심을 푸는 데 성공한다. 왕은 걸리버에게 더 많은 자유를 주기 위해 특별 검시관을 꾸려 그의 호주머니 속을 검사하게 한다. 검시관들은 두꺼운 보고서를 작성하여 왕에게 보고한다. 걸리버의 호주머니 속에는 소인들의 집을 덮고도 남을 만한 손수건, 지독한 냄새가 나는 상자 담배, 몹시 위험해 보이는 권총과 총알, 무엇에 쓰는 물건인지 알 수 없는 면도기, 속에 뭔가 살아 있는 것만 같은 시계 등이 들어 있었다. 책과 일기장과 함께 말이다. 사실 속주머니에는 나침반과 안경, 망원경도 있었지만 걸리버는 그걸 설명할

도리가 없어 소인들에게는 다 말하지 못한다. 그리고 권총에 대해 묻는 왕에게 직접 사용법을 실연해 보이다가 소인들을 혼비백산하게 만든다는 이야기.

내 호주머니 속은 더 산만하고 지저분하다. 늘 배터리가 간당간당한 휴대폰, 곧잘 잃어버리는 신용카드, 일회용 눈물과 편두통 약, 머리끈과 똑딱핀, 다 구겨진 화장지, 동그란 망고 립밤 같은 것이 들어 있다. 환절기에는 일회용 마스크와 알레르기 약이, 긴 외출 시에는 책과 소화제 등이 따라붙기도 한다. 물건들은 호주머니와 손가방 속을 오간다. 겉옷을 바꿔 입거나 가방을 바꿔 들면 필요한 소지품이 없어 곧잘 불편해진다.

단순하고 가볍게 살고 싶은데 내 삶은 너무 많은 물건들에 의지하고 집착하고 있는 것처럼 느껴진다. 그 물건들은 다른 세계의 사람들에게 위협감을 주지는 않을 것이지만 너무 사소해 보이고, 얼마간 우스워 보일 것 같기도 하다. 쓰레기통을 뒤지면 그 집에 사는 사람이 보인다는 이야기를 읽은 적이 있다. 호주머니 속도 마찬가지일 것이다. 내 소지품들은 나를 어떻게 구성해 보여주고 있는 것일까. 그 안에 정말 내가 있는 것일까.

여행 가방
꾸리기

　　　　　　　　　문득 패티 스미스가 생각났다. 파리로 떠나는 비행기 시간이 변경되어 급하게 가방을 꾸리는 장면이 떠올랐고, 그 가방 속 품목이 궁금해서 페이지를 들춰보게 되었다.

　전화벨이 울려 마법의 주술은 깨어진다. 내 비행기 편은 취소되었다. 더 이른 비행기를 타야 한다. 서둘러 준비를 마치고 택시를 부르고 컴퓨터를 보관용 주머니에 넣고 카메라를 배낭에 넣고 나머지를 여행 가방에 쑤셔 넣는다. 아직 무슨 책들을 가지고 갈까 마음을 정하지 못했는데 택시가 너무 빨리 도착해버린다. 책 없이 비행기를 탄다는 생각만 해도 파도처럼 공황이 덮쳐온다. 딱 맞는 책은 해설사 역할을 해주고 여행의 톤을 결정하며 심지어 궤적까지도 바꿔버린다. 나는 깊은 늪에 빠져 생명줄을 찾는 사람처럼 절박하게 방 안을 눈으로 훑는다.

패티 스미스, 『몰입』[*]

그녀는 작가 플레식스 그레이가 쓴 논문과 모디아노의 『혈통』을 낚아채다시피 집어 들고 아파트를 나서서 공항으로 향한다. 그러니까 여행 가방을 꾸리는 일에서 가장 중요한 것은 읽을 책을 선택하는 일이다. 그것은 여행의 출발이자 완성인 셈이어서 몹시 망설여진다. 다른 것들은 필요해서 사기도 하고 불필요해서 버리기도 하지만 책은 여행 내내 온전히 옆을 지키는 동반자인 셈이다. 안 읽히면 뭔가 좀 짜증나고 이게 아니다 싶고, 흥미로운 독서의 시간은 여행의 즐거움을 배가시킨다. 낯선 곳에 애써 찾아가서도 사람은 사람에게 얼마간 익숙한 포즈로 기대어 있는 것이 아닐까. 이때 책은 누군가의 어깨 같은 것이라고 할 수 있다.

또 여행 가방 안에 새로운 것들을 채워 오게 된다. 구겨지고 더러워진 옷과 양말 이외에도 지역의 특산물이나 기념품 같은 것들. 나는 그것이 허무를 견디는 인간의

[*] 김선형 옮김(마음산책, 2018), 19~20쪽

방법이라고 생각하는 편이다. 소소한 즐거움을 찾아 늘 길을 나서는 것이 인간이다. 결코 되돌릴 수 없는 시간과 장소를 사진과 영상, 물건에 담으려는 불가능한 시도야 말로 인간의 의지로 삶의 시간을 가꾸는 방법일 테니까 말이다. 기억은 인간을 살게 해주는 긍정적 이미지를 제공해준다.

한나 아렌트의
가방 상상하기

가방 속에 유형의 물건만이 담기지는 않을 것이다. 어딘가로 떠날 때 그 안은 충분히 비어 있어야 할 때가 있는 것 같다. 새로운 것을 담을 준비가 필요할 때 사람들은 떠난다. 또는 무엇을 어떻게 담아야 할지 모른 채 길을 떠나기도 한다. 국경 너머 망명하는 자들의 초조함과 불안은 내가 감히 상상하기 어렵지만 종종 그들의 가방 속을, 삶을 통째로 바꾸려는 자들의 불안한 소지품을 그려보고는 한다. 산더미 같은 이민 가방과는 좀 다른 것이 거기에 들어 있을 테니 말이다.

오래전 나는 한나 아렌트의 대담집을 읽고 철학서와는 또 좀 다른 그녀의 목소리에 반한 적이 있다.[*] 한나 아렌트는 독일 태생의 유대계 정치이론가이다. 히틀러가 집권한 1933년 게슈타포에 체포되어 감금당한 그녀는 파리로 망명하여 반나치 운동을 펼친다. 1941년 독일의 프랑스 점령과 유대인 탄압으로 다시 한번 뉴욕으로 망명길을 떠난다. 두 번의 망명 과정을 묻고 답하는 인터뷰를 읽으며 나는 한나 아렌트의 가방에 대해 상상한 적이 있다. 물론 그녀는 소지품 같은 하찮은 것을 입에 올리지는 않았다. 인간 세계에 대한 깊은 절망에도 불구하고 아렌트의 가방에는 인간을 신뢰할 준비가 담겨 있었던 것 같다.

그녀는 카를 야스퍼스에 대한 찬사 글에서, "인간성은 자신의 삶과 존재 자체를 '공공 영역을 향한 모험'에 바친 사람에 의해서만 성취될 수 있다"고 말한 바 있다. 그녀 역시 자신이 옳다고 믿는 정치적 신념에 의지해 아무것도 소지하지 않고 떠났을 것이다. 그 신념 체계의 실

* 　한나 아렌트, 『한나 아렌트의 말』, 윤철희 옮김(마음산책, 2016), 56~70쪽 참조

현을 꿈꾸며 말이다. 그러나 그녀는 우정이나 사랑에 기반한 공동체와 이해관계에 기반한 집단을 철저히 구분하여 행동하고자 노력했던 것 같다. "내 친구들만 사랑했고, 내가 잘 알고 또 믿는 유일한 종류의 사랑은 개인을 향한 사랑입니다"라는 그녀의 진술에 그 사랑이 집단에 대한 헌신과 애정의 태도로 확장될 가능성에 대해 다시 묻자, 단호하게 '노'라고 답한다. 정치적 인간으로서 이해관계가 연관된 세계에 대해 논할 때 "협상 테이블에 사랑을 가져온다면, 직설적으로 말해 나는 그런 행동은 치명적인 짓이라고 생각"한다고 말이다.

그녀는 인간과 사회를 쉽게 신뢰하지 않고, 섣불리 긍정하지 않는다. 자신의 신념과 이론 체계를 철저하게 검증하고자 했던 한나 아렌트에게 가방 같은 것은 그저 없어도 될 만한 물건이었는지도 모르겠다. 인간이 들 수 있는 가장 아름답고 튼튼한 가방을 그녀는 머릿속에 담고서 행동했던 것일 테니까. 그리고 보면 중요한 건 가방이 아니라 가방을 든 손과 움직이는 발인지도 모르겠다. 생각과 마음은 손과 발에 의해 실현되기 때문이다.

물고기의
인사법

어느 사이 또 새해가 왔다. 호주머니나 가방 타령만 할 게 아니라 새 마음 새 뜻으로 새 시간을 맞이해야 하는데 새해 인사가 가닿지 못하는 곳이 먼저 떠오르는 것을 어쩌지 못한다. 어항 속 물고기를 가만히 들여다본다. 팔랑거리는 지느러미는 눈에 너무 잘 보인다. 그런데 물고기에게도 귀가 있을까. 어항 속 뽀글거리는 소리 때문에 나는 밤잠을 설치는데 물속의 소음을 물고기는 진동으로 느끼는 것일까. 물고기의 귀를 하염없이 더듬어보는 새해 아침이다.

물고기는 바닥에 가로 누웠다. 개처럼 짖지 않고 물 밖으로 나가려 한다. 곧 새로운 발이 태어날 것 같다. 눈빛은 뾰족하고 주둥이는 차갑다. 나 말인가.

송곳을 하나 사서 바라본다. 가죽을 뚫으려고 했는데 바라만 본다. 뚫을 수 있는 것과 뚫을 수 없는 것 사이, 천천히 무너지는 날들. 꿈속에서도 화가 난 나의 신발은 찢어졌다, 헐렁해졌다. 발이 앞으로 미끄러졌지만 계속 제자리였다.

끝까지 뒤로 걷는다면 구멍은 더 잘 보이겠지. 발이 빠진 물고기로서 나는 숨을 쉴 수가 없다. 귀가 솟은 물고기로서 나는 어항 속에 머리를 들이밀고. 의사는 얼굴에 비닐봉지를 쓰라고 했다.

깊고 길다는 것은 무엇인가. 비닐봉지는 바스락거리며 부풀었다 가라앉고. 물속에서 누가 내 이름을 계속 부른다. 마른하늘에 무지개를 띄우는 사람들의 목소리.

사탕꾸러미가 쏟아지고 두 손이 바빴지만 주머니 속은 불룩하니 아무것도 없었다. 물속에는 새해 인사가 가닿지 않았다.

이근화, 「물고기의 귀」[*]

* 〈악스트Axt〉(은행나무, 2020. 1~2월호), 131쪽

문득 궁금증이 일었다. 망자의 입속에 쌀을 채워 넣고, 주머니에 저승으로 가는 여비를 챙겨주는 장례 풍속이 아직도 유지되고 있는 것일까. 다 타버린 살을 뒤로 하고 몇 개의 으스러진 뼈와 치아 보철물들만 덩그마니 남은 화장대를 본 적이 있다. 곱게 빻아 유골함에 넣기 위해 빗자루로 쓸어 담는데 거기에는 그 사람의 인생이 보이지 않았다. 선한 눈빛, 활짝 벌어지는 입술, 너무 큰 재채기 소리 같은 거 말이다. 술주정과 맹목적 사랑 같은 것도 없었다. 그러니 내 호주머니 속 물건들은 얼른 잊고 거추장스럽고 거칠어진 손만 푹 찔러 넣고 제멋대로 살 일이다. 어떤 공간 속에서는 그 무엇도 필요하지 않을 것이라는 생각.

그런데 어느 날 갑자기 흔적조차 없이 사라진 사람들은 어디에 담을 수 있는 것일까. 시간이 흘러도 변하지 않는 마음이라는 것이 있어서, 기억과 망각 속에 부유하는 마음을 붙들고 새해라는 시간을 건너가본다. 호주머니 속에 푹 찔러 넣은 손을 모아본다. 때때로 그 손으로, 두 팔로 곁의 사람을 안아주거나 쓰다듬어 주기 위해 노력한다면 우리도 조금 더 괜찮은 시간을 보내고 있다고 말할 수 있지 않을까. 새해다. 희망을 지어야 할 시간. 없는 감각을 발현하여 우리만의 시공간을 창조해야 할 때다. 마른하늘에 무지개를 띄울 수 있는 것이 사람이니까 말이다.

사기당한 날의 노트

크리스토퍼 울의 〈무제〉

"그러나 내일의 눈물은 내일의
몫으로 돌리고 잠들 것이다"

비유라는
자리바꿈의 기술

중년에 들어서면 자신이 인생에 사기당했음을 덜컥 알게 되는 것 같다. 어느 날 문득 공허함이 뒤통수를 가격하는 때를 누구나 맞이하게 되는 것이 아닐까. 그런데 안 아픈 척 고상하고 우아하게 버텨야 하는 것이겠지. 담요 속의 안락한 고양이도 아니고 자유롭고 배고픈 길고양이도 아닌 것. 굳이 비유하자면 더러운 가죽 가방 속에 든 힘없는 고양이랄까. 그런데 그 가방은 강물 속에 빠져 있다. 곧 목까지 물이 차오를 것이고. 손끝에만 닿아도 싫은 물이 자신의 온몸을 축축하게 적시기 시작할 것이다. 이야옹 마지막 울음은 물고기에게나 들릴까.

크리스토퍼 울(Christopher Wool, 1955~)의 〈무제〉라는 작품 말이다. 알루미늄 패널에 적힌 검은색 글자들은 이렇다. "cats in bag bags in river". 다음 페이지의 그래픽 처럼 수작업으로 제작한 스텐실로 한 단어씩 세로로 쓰여 있는데 띄어쓰기와 철자가 조금씩 어긋나 있다. 뚜렷한 메시지와 딱딱한 글자는 뭔가 긴박하고 불길한 느낌을 준다. "The cat's in the bag. The bag's in the river"라는 문구는 영화 〈성공의 달콤한 향기〉(알렉산더 매켄드릭, 1957)에 등장하는 대사라고 한다. 주인공이 파멸에 이르는 누아르 영화인데 그저 그런 영화에 비해 비유는 참 그럴듯하다. 내 것인지 네 것인지 모를 혼란과 착각 속에서 폭력의 대상이자 폭력의 주체로서 스스로를 파멸시키는 사람들의 이야기. 우리의 삶이 어쩌면 그런 과정에 불과한 것이라면 도저한 허무감을 어떻게 극복할 것일까.

비유란 일종의 자리바꿈의 기술인지도 모르겠다. 나의 존재감을, 삶의 비애감을 다른 대상에 비유해놓고 보면 빠져 죽을 것만 같다가도 헛웃음이 나고 "그래 그런 거지" 하면서 슬며시 인정하게 된다. 나 자신의 처지와 상황에 대한 비유적 이해는 안정감과 순수한 기쁨을 준다. 살아갈 용기와 희망까지는 아니더라도 삶의 자세를 다잡아보게 되는 것이다. 이 환기의 놀라움이 궁극의 치료는 아니더라도, 해결법이 딱 정해지지 않은 사람살이의 문제라면 그럭저럭 삶의 기술이 될 수도 있을 것 같다. 적어도 나는 다른 방법을 아직 알지 못한다.

오늘은 내가 가방 속의 고양이, 그 가방이 강에 빠져 있지만. (그렇다니 한숨 한번 쉬고, 헛헛한 웃음 한번 짓고) 그렇다 하더라도 아직 견딜 만하다. 내일의 나는 또 어떤 우연과 곡절 끝에 무엇을 할지는 모른다. 아직은 알 수 없다. 빈 괄호를 제공하는 문학과 예술을 사랑할 수 있어서 나는 내 인생을 겸허히 받아들이기로. 또 어느 밤에는 잘 안 돼서 꽥꽥 울 것이다. 그러나 내일의 눈물은 내일의 몫으로 돌리고 잠들 것이다.

어쩌면 삶의
한가운데

　　　　　　어느 날 아이들은 은박 종이를 조각내어 오리고, 종이에 다시 맞추어 애써 붙인다. 이 부질없는 작업을 끈기 있게 이어가는 아이들을 인내심을 갖고 바라봐야 하는 것이 엄마의 자리일까. 퍼즐 조각 맞추기 같은 건 정말 질색인데 말이다. 그런데 의외로 그렇게 붙인 결과는 나쁘지 않았다. 그럴듯한 창작물처럼 보인다고 해야 할까. 금이 간 거울처럼 보였다. 깨진 거울이 보여주는 것은 일그러진 나의 얼굴, 기괴한 눈 코 입. 어쩐지 너무 낯설어 도망가고 싶다. 그걸 나라고 인정하기 싫어진다.

　인정하기 싫어도 자기 자신을 받아들일 수밖에 없음을 뼈아프게 보여주기 위해 아이들은 태어났나 보다. 아이들의 성장과 뜬금없는 질문, 답 없음은 '나'의 거대한 죽음이 생각보다 가까이 있음을, 어쩌면 삶의 한가운데 있음을 알려주는 것 같다. 분열과 망상과 헛소리로서 나의 글쓰기는 어딘가를 헤매고, 무엇을 더듬고 있을 텐데 도대체 그게 뭐란 말인가.

이제 돌아가는 건
글렀지만

삶을 파헤치는 정다운의 방식

"아무도 잘못한 게 없으나
누구나 외로운 것"

피투성이 개와
미친 양

실비아 플라스의 잘 계산된 자살과 그녀의 고통 어린 시의 목소리는 꽤 많은 사람들에게 울림을 주었다. 앤 섹스턴은 실비아 플라스가 자살에 성공했을 때 자신의 것을 빼앗긴 듯 울부짖었다고 한다. 오래 지나지 않아 그녀 역시 자살에 성공한다. 국내에 번역된 앤 섹스턴의 시집이 따로 없어 간간이 소개되는 시만을 읽어보았을 뿐이다. 계속되는 우울증으로 치료를 받으며, 쓸모없는 바보라 생각하는 자신에 대한 기록과 고백이 앤 섹스턴의 시 쓰기였다고 한다.

그녀는 "어떤 여자들은 집과 결혼한다. / (…) / 남자들은 강제적으로 들어간다. / (…) / 여자는 그의 엄마다"(「가정주부」)라고 쓴다. 그리고 여동생의 꿈속에서 자신이 얼음아이가 되어버린 악몽을 시로 쓰며 "(…)그리곤 내 팔이 사라져버렸다. / 나는 조각조각 떨어져 나갔다. / 놈들은 내가 완전히 사라져 버릴 때까지/ 나를 사랑했었다"
고 맺는다. 남성들의 거대한 욕망에 먹혀버린 존재로서
자신을 그려내고 있는 것이다.* 1960~70년대 미국 중산
층 주부로서 쓰기 어려운 과감한 성적 표현은 당대 여성
독자들의 자의식을 불러일으키며 이들을 사로잡았다고
한다. 지금도 여성 억압과 차별은 해소되지 않은 채 더
교묘한 방식으로 작동해 여성들이 희생되고 있을 테니
죽지 않고, 파괴되지 않고 사는 법을 고안해내야 할 것
이다. 내가 읽은 정다운 시집의 목소리는 '그녀들'의 내
면을 아주 잘 보여주는 것 같다. 과감하면서도 격조 있게
말이다.

        나는 밑에 깔린 개
        질 것 같은 개
        이미 귀를 물어뜯긴 얼굴을 해 가지고
        질겁하는 개다

* 김승희, 『남자들은 모른다』(마음산책, 2001), 52~58쪽 참조

나무는 빽빽했다

전부들 거기 숨어 나를 응원하고 있다

너를 나에게서 뜯어내 주길 바랐지만

구경하러 온 사람들은

거기 숨어서

이 판이 뒤집히기만을

숲속을 뒹구는 커다란 돌을 집는다

내 몸 어딘가에 그들이 원하는 희망이

들어 있기라도 한 것처럼

그것이 피투성이 개가 보여 주어야 할

마지막 일인 것처럼

정다운, 「언더독」(부분)*

작품 속에서 '너'와 '나'는 함께 곰 사냥을 떠나 곰을
죽이고 돌아오는 길에 기쁨에 취해 입맞춤을 나눈다. 우

---

* 정다운, 『파헤치기 쉬운 삶』(파란, 2019), 30~31쪽

리는 잘 어울렸고, 사랑의 출발은 달콤하였으나 식어가
면서 신맛이 나고, 냄새가 풍겨오기 시작한다. 나는 더
이상 예쁘지 않고, 싸우지 않아도 밑에 깔린 개가 되어버
린다. 어떤 사랑인들 그렇지 않을 것인가. 그걸 처다보는
구경꾼들의 잔인한 눈빛을 나는 안다. 그런데 커다란 돌
을 집어든 내가 무얼 어떻게 할 것인가. 거기서 끝난다.
삶이란 종결되지 않은 불행이어서, 그걸 행복으로 삼고
자 하는 이를 피투성이 개로 만든다. 그걸 가지런히 정돈
하는 일이 기억의 몫인지도 모르겠다.

　　정다운 시인은 기억을 헤집는 고단함을 마다하지 않
는다. 되묻는 입술을 통해 일상은 속속들이 적나라하게
파헤쳐진다. 그러나 이 드러냄은 시시비비를 가리고 죄
를 묻기 위해서는 아닌 것 같다. 단죄하고 파멸시키지 않
기 위해 애쓰는 '나'가 흘리는 피는 누가 언제 어떻게 보
상해줄까. 끝내 중얼거림에 그치더라도 멈추지 않는다
면 '나'는 구원받을까. 구원의 가능성을 '나' 스스로 확인
해간다는 점에서 신뢰가 가고 시의 목소리에 더욱 귀 기
울이게 된다.

녹색을 쳐다보기 아무것도 하지 않기

그것의 엉덩이까지 보고 있자면

노래진 털에 방울방울 매달린 똥구슬뿐인데도

양이란 하얗고 문제없는 동물이니까 다시

버리고 살기 사소한 걸 사랑하기

빈 손바닥에는 뿌리가 끌려 나간 붉은 자국들

한 가닥도 남김없이 다 처먹었어

여전히 배고픈 양 한 마리가 눈치도 없이

더 달라고 보채게 될 거야

조용히 해 미친 양아 여기 주인공은 나야

「평화공작소」(부분)*

들판에서 풀을 뜯고 있는 양 떼 모습은 무척 평화로
워 보이고는 하지만 그것은 인간이 만들어낸 허구이며
조작된 관념에 불과한 것인지도 모른다. 이 시에서 양들
을 바라보는 시선 속에는 '나'의 들끓는 정념이 자리한

* 위 책, 38~39쪽

다. 양들에게 풀을 먹이며 "그들의 입안에서 풀물 든 내 일부가 갈리는 거야"라고 말한다. 무엇을 보자고 여기에 왔던가를 물으며 남의 탓을 할 생각은 없다. 저절로 행복해질 리가 없다는 것을 잘 안다. 이 앎이 '나'를 어디로 데려갈 것인가. 체념과 약속 위에 나 자신을 다독여보지만 풀을 더 달라고 보채는 양을 보며 끝내 욕이 치밀고 올라온다. 그건 아마도 삶에서 주인공 자리를 내준 내가 할 수 있는 사소한 보복일 것이다. 주말 목장 체험을 떠난 평화로운 가족들 가운데 "조용히 해 미친 양아"라고 혼잣말로 나직이 중얼거리는 아내/엄마의 자리를 나는 안다. 가장 평화로운 풍경 속에서 의심과 회의가 고개를 들고, 침묵과 고요의 시간 위에 불안과 공포가 스멀스멀 올라오는 삶 말이다. 주인공으로 살 수 없는 내가, 나의 주인으로서 살지 못하는 나를, 평화롭고 안정되게 꾸리기 위해 무엇을 해야 하는 것일까.

누덕누덕
멈추지 않기

               시는 삶을 재구성하는 '옳은' 방식이라고 할 수 있지 않을까. 아픈 말들을 감내하며 이야기를 멈추지 않는 까닭에 정다운 시인의 말들이 어디를 향해 갈 것인지 더욱 궁금해지고는 한다. 그것은 자조일 때도 있고 비아냥거림이나 욕설일 때도 있다. 어떤 말들은 외면당하거나 누군가의 귓가에 맴돌다 희미해지기도 한다. 뜨거운 정념과 책임의 윤리와 포기할 수 없는 사랑 속에서 끊임없이 흔들리는 '출렁거림'이랄까. 멈추지 않는 이 움직임이야말로 새로운 발걸음을 떼기 위한 방법처럼 보인다. 내일의 희망 같은 건 믿지도 않으면서 힘겨움을 짊어진 채 엄살떨거나 핑곗거리를 찾지 않고 우리가 유지할 수 있는 아름다움이 있을 거라는 조심스러운 전망 위에 자신을 끊임없이 다시 세워보는 것. 폭력과 허위와 위선에 맞닥뜨린 순간마다 인간의 종에 대한 염증과 환멸을 어쩌지 못하겠지만 정다운 시인은 '누덕누덕' 멈추지 않을 것이다.

이제 돌아가는 건 글렀다

많은 이야기의 주체처럼 어쨌든 나아가야 한다

나약한 자는 약에 빠지고

조악한 자는 더 비틀리면서

바깥은 보는 대로 변해 갈 것이다

다음에 내게 다가오는 사람에게

왜 이만큼밖에 해 줄 수 없는지

보여 줘야 할 것이다

그 사람의 방엔 올라가지 않을 것이다

그렇게 새로운 두 인물은

운이 좋으면 같은 곳에서 늙어 가게 될 것이다

왜 우리는 이렇게 다른가, 하고 의문을 품게 되겠지

자기만의 불완전한 세상을 감시하느라 피곤해지겠지

아무도 잘못한 게 없으나

누구나 외로울 것이다

「각자의 세상」(부분)[*]

---

* 위 책, 105쪽

네가 잘못해서 내가 이렇게 괴롭다가 아니라, "아무도 잘못한 게 없으나 누구나 외로울 것"이라고 말할 줄 아는 이가 갖는 절망의 새로운 비전이 있다. 새로움과 다름을 지치지 않고 바라보는 것은 용기인지도 모르겠다. 눈에 보이는 것 이상의 조금 '다른' 무엇이 있어야 한다는 믿음, 그리고 그 믿음이 만들어가는 삶을 불러내기 위한 몸짓이 정다운 시집 곳곳에 아프게 박혀 있다. 시집『파헤치기 쉬운 삶』을 통해 한 개인 안에 이야기들이 어떻게 꾸려지며 그 이야기들이 어떻게 슬픔의 힘을 만들어가는지 목격하게 된다. 그것을 사랑의 한 방식이자, 시의 존재 이유라고 말할 수 있지 않을까. 어떤 사랑은 위로보다는 예의가 필요한 것 같다. 꺼지라고 말하고 싶은 마음을 참으며 끈기 있게 살아가는 방법을 배워야 하니까.[*]

* 「Plutoed」, 위 책, 77쪽

2

사랑의
다른
이름들

베란다의 기적

"식물의 내부에는
음악이 흐르는 것이 아닐까"

돈과 꽃

엄마가 뭘 좋아하는지 누가 캐물은 것도 아닌데 애들이 이구동성으로 말한다. 우리 엄마는 돈과 꽃을 좋아해. 자신 있게 말한다. 그런가? 그런 것 같다. 누구나 얼마간 그러한 것이니 생략하기로. 부끄럽다. 친척들이 아이들에게 준 용돈을 갈취해 커피도 사 마시고, 옷도 사 입는 엄마다. 꼬박꼬박 모아서 나중에 줄 것처럼 말했지만 애들도 믿지 않는 눈치다.

식물은 말이
없어 좋다

새로 생긴 나의 취미는 버려진 화분 주워 오기다. 다들 귀찮아서, 시들어서 버리는 것 같다. 버려진 식물들이 꽤 굴러다닌다. 애완동물을 버리는 것보다는 더 쉽겠지. 식물은 화분과 함께 통째로 버려

지거나 뿌리째 뽑혀 베란다 밖으로 휙 집어던져지는 것
같다. 공용 화단에는 별 의미 없이 꺾었다가 버린 식물
줄기들도 꽤 많이 굴러다닌다. 뿌리가 살아 있는 것은 일
단 주워 와서 화분에 대충 꽂아둔다. 시든 것은 며칠 동
안 물에 꽂아두었다가 흙에 심는다. 창가에 두고 적당히
물만 주면 대부분 살아난다. 기적처럼 느껴진다. 냉장고
에 오래 방치된 감자 고구마 양파 당근 들도 물에 담가둔
다. 먹기는 좀 그런데 싹과 뿌리는 정말 놀랍게 잘 자란
다. 생기를 얻어가는 식물을 바라보면 기분이 좋아진다.

요리용으로 허브를 몇 개 키우기도 하는데 종종 시들
어버리기도 한다. 과습과 통풍이 문제인 것 같다. 제법
크게 키운 것도 있지만 대부분 말라버린다. 허브는 역시
어렵다. 마른 허브 잎들을 유리병에 넣어둔다. 향이 꽤
오래간다. 과일을 먹고 난 후 씨앗들을 심어두면 거짓말
처럼 자란다. 망고도, 아보카도도, 리치도 잎사귀를 보았
다. 열대 과일의 이파리들은 크고 시원하고 길쭉하다. 온
도와 습도가 높은 여름이면 베란다에서 미친 듯이 자란
다. 그게 문제였던 거다.

아이들의 하교 시간이 점점 늦어졌다. 애들은 학교 화

단이나 길거리, 단지 내에서 관상용 풀과 나무를 꺾어 오고, 열매를 따 오고, 씨앗을 받아 온다. 심고 물주기를 좋아한다. 엄마가 하는 걸 다 본 거다. 나팔꽃이 피어 빨랫대를 휘어 감았다. 연보라색이었는데 어쩐지 마음이 짠했다. 젖은 빨래가 꽃대를 꺾어버리지 않도록 빨래를 살살 널어야 했다.

식물은 말이 없어 좋다. 아무 소리도 내지 않고 고요하다. 식물의 내부에는 음악이 흐르는 것이 아닐까. 내게 필요한 건 고요한 시간인지도 모르겠다.

이토록

미지근한 사랑

식물과 제법 대화를 나눌 수 있다고 자부하고 있었는데 아니었다. 강자를 만났다. 김경후 시인은 아파트 베란다에서 벼를 재배해서 밥을 지어 먹었다고 한다. 볍씨를 발아시켜 모종을 심고 이삭을 패서 낟알을 거두는 과정인가? 나는 순서와 용어도 헷갈리는데 그걸 도대체 어떻게 했단 말인가. 그 얘기가 실린

월간지를 읽고 너무 많이 웃어서 배가 아플 정도였다. 워낙에도 좋아하는 시인이었지만 이쯤 되면 존경할 수밖에. 김경후 시인은 몇 번의 실패를 거듭했다고 한다. 도서관에 가서 곡물 재배 방법에 관한 자료를 찾아 읽어보면서 여러 번 시도했다고 한다. 나중에 직접 만나 물어보니 정말 한 줌 쌀을 얻는 데 그치고 초라한 실패로 끝났다고 말했지만 그래도 너무 멋있었다. 아파트 베란다에서 그걸 해내다니.

　김경후 시인은 자기 자신에 대해 '느린 사람'이라고 말한 적이 있다. 스스로를 "어둡고 답답한 스타일"로 여기는 듯했지만 나는 그런 그녀가 좋았다. 몇 번 만났다고 가까워질 수는 없었지만 거리를 두고도 내내 그녀를 좋아하는 마음으로 살아간다. 내가 대담에서 두 번째 시집 『열두 겹의 자정』의 자서(「시인의 말」)에 대해 묻자 그녀는 이렇게 답했다.

　사랑한다는 것과 사랑한다는 말을 하는 것…… 정말 쉽지 않은 일이고 쉽지 않은 질문이네요. 어릴 때부터 글을 쓰는 사람이 세상과 맺는 방식은 막연히 '사랑'일 거라고 믿었어요. 글을 쓰지 않더라도 누구든 사랑이라는 걸 탐구하고 느끼는 게 살아 있다는 것이겠지요. 권리이자 이유이고 의무. 자신에게 적절하고 가장 지혜로운 사랑의 방식을 찾는 시간이 사는 게 아닐까 하는······.

그런데 저는 그동안 잘해주고 싶었던 사람들, 정말 좋아하고, 계속 함께하고 싶었던 사람들에 대해 그들이 저를 떠나는 것을 막지 않은 것밖엔 해준 게 없네요. 그땐 그것만이 마지막까지 존중하고 아끼는 방식이라고 생각했는데, 그것보단 저의 오만과 무심함이 컸던 거 같습니다. 제가 다치진 않을까 흉한 모습을 보이진 않을까, 그것만이 중요했죠.

「당신이 살아 있다는 것─김경후 시인 대담」[*]

나 역시 '미지근한' 사랑이 특기이기에 김경후 시인이 말한 사랑을 알 것도 같다. 그러나 김경후 시인의 작품들은 미지근하지 않다. 오히려 삶과 사랑에 대해 뜨거움

[*] 『시작』(천년의시작, 2013. 봄호), 204~205쪽

과 차가움이 공존한다고 할까. 그녀의 작품에는 김경후식의 냉소와 유머가 있다. 그런데 그 냉소는 차갑지 않고 그 유머는 가볍지 않다. 슬픔이나 비애 역시 질퍽거리지 않게 말하는 특별한 재주를 가진 시인이라고 해야 할 것 같다. 최근에 발간된 시집『어느 새벽, 나는 리어왕이었지』에 수록된「거리의 리어왕」같은 산문시도 재밌지만 짧고 뭉툭한 시들도 매력적이다.

빈방

한

가운데

그림자

조차

비어 있는

텅 빈

병

김경후, 「물병자리 아래서」[*]

탁자 위의 병이 가장 아름다울 때는 비어 있을 때인지도 모르겠다. '꽃'이 부재하는 병, 꽃을 잃었거나 혹은 기다리는 병 말이다. 빈 병의 현재는 그렇게 꽃이 꽂혀 있었을 과거의 시간과 어쩌면 꽃이 꽂히게 될지 모르는 미래의 시간으로 충만하다. 「물병자리 아래서」에서 시인이 바라보는 텅 비어 있음은 병에 관한 이야기이자 그 시선을 보내는 자기 자신에 대한 것 같기도 하다. 그러니 상실감과 전망으로 존재하는 한 사람을 그려본다. 삶이라는 거대한 결핍 속에서 공허감을 느끼는.

「우리는 달을 공유하는 사이」라는 아름다운 시도 절망의 노래에 가깝다. "으스름달/ 턱 빠진 해골의 웃음소리/ 홀로 듣는/ 나는 언제나 홀로/ 너와 달만 공유하는/ 턱 빠진 해골의 웃음소리" 나와 너 사이의 거리는 멀다. 그런데 그 먼 거리를 '달을 공유한다'로 받으니 죽음을 향해 가는 나와 너, 각각의 삶이 오히려 견딜 만해진다.

---

* 『어느 새벽, 나는 리어왕이었지』(현대문학, 2018), 50쪽

삶과 사랑은 대상의 문제가 아니라 호명의 반복 속에 있을지도 모르겠다. 부재와 결핍을 견디는 시의 오랜 방법에 대해 생각해본다. 자기혐오와 연민의 굴레에서 벗어나 사랑하는 일은 무척 어렵다. 그 어려움을 묵묵히 수행하는 김경후 시인의 작품들은 죽음과 허무를 딛고 서 있는 수많은 개인들로 용기 있게 살아가기 위한 주문처럼 들렸다.

내가 사랑했던
조무래기들

　　　　돌이켜 생각해보니 원예학과에 가지 못한 게 좀 후회스럽다. 시를 쓰는 대신 식물의 잎사귀를 들여다보며 산다면 더 멋질 것 같다. 여차하면 시 그만 쓰고 딸들과 집 앞 골목길에서 꽃가게를 할까 생각하고 있는데, 주변에서 꽃가게 일이야말로 중노동이라고 말렸다. 오해의 소지를 막기 위해 밝히자면 나는 귀농 생각은 아예 없다. 산도 들도 강도 좋지만, 동물과 식물을 좋아하지만 딱 거기까지다. 농촌에는 고요하고

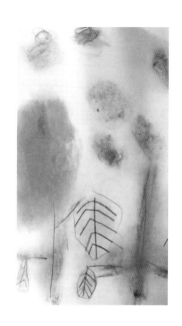

한적한 시간이 없다는 것을 너무 잘 안다. 하루 종일 몸을 놀려야 한다. 일거리가 산적해 있고, 매일 반복된다. 고된 노동으로 밥을 산더미처럼 먹고, 심하게 코를 골며 주무시던 삼촌들을 어릴 적부터 봐왔다. 피부가 거의 다 갈색에 가까운 숙모들의 거친 손을 어찌 잊을 수 있을까. 도시인들과 피부의 두께와 촉감이 달랐다.

그런데 노동의 대가는 너무 초라하였다. 지금은 그렇지 않지만 어릴 때 고흥(지금은 나로우주센터가 있는) 외가에 가면 치약도 아껴 써야 했고, 휴지 대신 신문지를 사용해야 했다. 동네마다 하나씩 있는 점방에서 조그만 과자 한 봉지를 사면 대여섯 명이 둘러앉아 나눠 먹어야 했다. 과자가 너무 오랜만이라 시골 애들은 과자가루가 묻은 짭조름한 손을 빨고 또 빨았다.

"기술이 제일이야, 도시로 나가."

삼촌과 숙모가 닦달해서 그 애들은 지금 대부분 회사에 다닌다. 나보다 건강하고 똑똑해서 다들 멋지게 잘산다. 그런데 지금 만나도 그 애들은 얼굴이 참 까맣다. 날 보면 쑥스러워서 멋쩍게 인사한다. 서울 계집애에게 무시당한 일들을 아직도 기억하고 있을까. 나는 새까만 조무래기들에게 나는 건강한 냄새가 좋았는데 그들은 몰랐을 것이다. 대나무밭을 헤치는 건강한 발들, 걱정스러울 만큼 오래오래 물속에 잠수를 하던 몸들, 옥수수나 고구마를 마구 베어 먹던 입들. 그런 건강함을 엿본 지 너무 오래되었다.

언젠가 나도 아파트 베란다에서 쌀농사를 한번 지어볼

까 보다. 직접 지어 먹지 않더라도 매일 따뜻한 밥 한 그 릇을 지어 함께 나눠 먹는 것은 아무래도 '미지근한' 사랑인 것 같다. 그 미지근함에 미움과 엉성함이, 무지와 오해가 조금씩 섞이더라도 말이다.

붓 하나면 나는 만족해요 모드 루이스의 그림들

"삶을 구제하는 대단함이
작고 아픈 몸속에 있었다"

나는 여기가
좋아요

　　　　　모드 루이스(Maud Lewis, 1903~1970)는 야머스라는 시골 마을에서 불편한 몸으로 태어났다. 일찍이 부모를 여의었고 친오빠에게도 버림받았다. 자신이 낳은 아이를 품에 안아본 적 없이 떠나보내야 했다. 그녀는 기거하던 친척 집을 나와 가난하고 무식한 남자를 남편으로 맞이하여 평생 길가 오두막 창가에서 그림을 그리며 지냈다. 모드는 고립된 사람이었지만 그녀가 그린 그림들은 화사하고 밝았다. 사진 속의 그녀 역시 무척 해맑고 천진한 미소를 짓고 있다. 꽃과 고양이, 소와 마차, 항구와 들판의 풍경은 소박하고 생생하며, 그늘 없이 환하고 아름답다. 토속적이고 친밀한 세계 안에는 배움도 의식도 없지만 이상한 활기와 에너지가 넘치고 있어 사람들에게 기쁨을 주고는 한다.

　모드는 이렇게 말했다고 한다. "나는 여기가 좋아요.

모드 루이스의 따스한 그림과 목소리를 담은 책 『모드의 계절』

어차피 여행을 좋아하지도 않으니까요. 내 앞에 붓만 하
나 있으면 그걸로 만족합니다."* 그림을 그리는 것이 그
녀 인생의 거의 전부였던 셈이다. 어린 시절 어머니에게
그림을 배운 것과 야머스에서 잠깐 다닌 학교에서 글씨
쓰기 연습을 한 것을 제외하면, 모드는 독학으로 그림을
익혔다.

* 랜스 울러버 · 밥 브룩스, 『내 사랑 모드』, 박상현 옮김(남해의봄날, 2018), 70쪽

그녀는 붓을 집어 들고 자신에게 남아 있는 물감을 찍은 후에 그게 무엇이든 손에 닿는 물건에 그림을 그렸다. 그녀는 그림을 제대로 된 캔버스가 아니라 종이 상자나 나무판자 위에 주로 페인트로 그렸다. 창문과 문, 난로와 가구 등에도 직접 그렸다. 심지어 쓰레받기나 냄비, 조개 껍데기에 그리기도 하였다. 새로운 풍경을 탐하지 않고, 내면의 풍경을 꺼내 그려내면서 그녀는 행복해했다. 더이상 외출을 할 수 없는 처지가 되자 좁은 집 창가에 앉아 기억에 의존해 그림을 그렸다. 같은 내용을 반복해 그리면서 그녀는 무엇을 느꼈던 것일까. 소의 눈썹을 그리면서, 겨울 풍경 속에 푸른 나무와 붉은 꽃을 그려 넣으면서 말이다. 현실을 보충하는 즉각적 환상의 연출가로서 그녀에게 누구도 흉내 낼 수 없는 강인함이 느껴졌다.

작고 아픈
몸속에 있는 것

모드 루이스의 삶을 그린 영화 〈내 사랑〉(에이슬링 월시, 2017)에서, 이 작고 볼품없는 여자는 어느 거칠고 고단한 남자(곧 그의 남편이 될) 집에 가정부로 들어가 음식과 잠자리를 얻는 대가로 온갖 구박을 받으며 일한다. 그런데 그녀는 그런 그를 변화시킨다. 승리하는 그녀의 모습을 지켜보는 일은 무척 감동적이었다. 그녀가 직접 그린 그림으로 집의 안팎을 꾸몄는데 마치 기적이 일어난 것만 같았다. 대단치 않은 삶을 구제하는 대단함이 그녀의 작고 아픈 몸속에 있었다. 점점 굽어가는 손가락과 등에도 불구하고 붓을 놓지 않고 사람들이 원하는 그림을 계속 그리고, 저렴한 가격에 한 장씩 팔아 생계를 유지해나갔다. 나중에는 인기가 많아져 꽤 팔리기도 했으나 돈 같은 것은 별로 염두에 두지 않았다. 남편이 식료품과 재료를 사고 남은 돈을 유리병에 넣어 땅속에 묻든 말든 전혀 개의치 않았다고 한다.

모드 루이스의 삶에 관한 이야기를 읽고 있노라면, 남편이라는 사람에 대한 궁금증과 연민도 함께 솟아오른다. 그녀의 남편 에버릿은 구빈원(빈민보호시설)에서 어린 시절을 보냈으며 여기저기 농장 일을 봐주며 성장하였다. 모드를 만날 당시에는 딕비에서 낡은 포드 자동차를 몰고 다니며 생선 장수를 했는데 제법 수완이 좋았다

오두막 창가에서 소박한 그림을 그려온 모드 루이스의 생애를 기록한
『내 사랑 모드』

고 한다. 모드를 함께 태우고 다니며 항구와 바닷가, 농
장 등을 둘러보기도 했는데 이때 보았던 풍경을 모드는
머릿속에 담아두고 평생 반복해서 그렸다.

에버릿은 모드의 그림 재료를 여기저기에서 공짜로
주워 왔다. 누가 바닷가재잡이 배를 해안에 올려놓고 배의 밑바닥을 칠하고 있으면 에버릿은 작업이 끝나기를 기다렸다가(때로는 채 끝나기도 전에) 페인트 통을 집어 왔다고 한다. 그뿐만 아니라 관광객이나 외지인 들에게 페인트를 싼값에 사들이거나 가정용으로 쓰고 남은 것을 싼값에 사 오기도 했다. 그렇게 거의 공짜로 얻은 페인트에 테레빈유를 섞어 물감처럼 사용했기 때문에 모드가 평생 두통과 기침 증세를 보였다고 추측하기도 한다. 부지런히 재료를 공수해 오는 남편의 이상한 성실성 속에는 가난에 대한 염증과 이상한 사랑이 혼합되어 있는 것처럼 보인다. 그런 양가적인 면모와 상관없이 평생 그 일을 묵묵히 해온 것이 못내 고맙다고 해야 할까. 모드가 죽고 난 후 에버릿의 행동과 말은 좀 이상해졌다고 한다. 그러니까 에버릿의 삶을 지켜왔던 힘도 모드의 그림 그리기였던 셈이다. 작품이 아니라 쉬지 않고 그리는 일 말이다.

삶이 주는
보너스

내가 다니던 초등학교 앞에는 조그만 문방구가 하나 있었다. 서너 평쯤 됐을까. 이름은 기억나지 않지만 아직도 그 주인아줌마는 기억이 난다. 오십 원 백 원 착실하게 학용품과 군것질거리 들을 팔면서 문방구 안에서 점심으로 라면이나 도시락을 까먹던 아줌마. 어느 날엔가는 짜장라면을 열심히 끓이고 있었다. 난로 위 냄비가 부글부글 끓고 있는데 면을 삶은 물을 버리지 않고 한 숟가락씩 떠먹고 있었다.

"왜 안 버려요. 물은 버리는 건데."

수줍었던 나는 좀처럼 말을 거는 법이 없었는데 무척이나 궁금했던 것 같다. 아줌마는 진심을 다해 말했다.

"밀가루 삶은 물이 얼마나 따뜻하고 고소한데 그걸 어떻게 버리니?"

나도 귀에 못이 박히도록 들어서 가난이 뭔지 안다고 생각했었다. 옥수수가루로 죽을 끓여 먹던 시절도 아닌데 그게 참 이상했지만 더 이상 묻지 못했다. 풍채가 좋았던 아줌마는 그 국물을 다 떠먹고 라면까지 비벼 먹어야 허기와 심심함을 채웠을지도 모르겠다. 우리는 거기서 줄자나 공책을 샀고, 아폴로나 쫀디기 같은 군것질을 즐기며 성장하였다.

아줌마에게 친절함 같은 건 없었다. 그저 무심히 매일 일관되게 팔 걸 팔고 동전들을 착실히 챙겼다. 이제 와서 어렴풋하게 생각나는 것이 있다. 아줌마는 초등학교 수위 아저씨, 그것도 가장 작고 볼품없는 이와 연애를 했던 것 같다. 급하게 문이 잠기거나 열리는 일이 있었으니 말이다. 그건 그냥 삶이 주는 보너스 같은 게 아니었을까.

가끔씩 라면을 끓일 때마다 면을 삶은 그 뽀얀 국물을 내려다보며 나는 문방구 아줌마를 생각한다. 아줌마의 가난과 심리적 허기를 생각해본다. 이제 막 가난을 벗어나던 시기, 그러니까 1970년대 후반에서 1980년대 초반 초등학교 앞 조그만 문방구를 지키던 아줌마에게는 소박함과 생기 같은 것이 있었다. 아줌마는 이제 다 늙어 숟가락 들 힘도 없을 것이다. 그런 그녀의 삶을 유지해주던 동전들의 가치는 뚝 떨어져서 그걸로 살 수 있는 것은 이미 별로 없다. 면발을 삶은 뜨겁고 심심한 물을 떠먹으며 즐거워하던 소박한 얼굴도 좀처럼 찾아볼 수가 없다. 찌

들고 고단한 얼굴로 하루하루를 건너는 우리에게 삶에서 중요한 것들은 무엇인지 다시 한번 물어봐야 할 것 같다. 마음속의 즐거움과 생기를 찾아 소박하게 움직여야 할 때를 너무 늦추면 안 될 것 같다. 인생은 싸움이 아니지만 만약 승리의 기술 같은 게 있다면 그건 돈으로 살 수 있는 것이 아니니까 말이다.

다정하고 따뜻한 미래

"인간은, 파괴자이기도 하고
생산자이기도 하다"

위험하고 원칙 없는
세계에서 살아남기

나는 시인으로 살지만 소설 읽기를 더 좋아하고, 공상과학소설(SF)이나 판타지도 무척 사랑한다. 그건 아마도 책 읽기 이외에 별것이 없었던 어린 시절을 통과해왔기 때문일 것이다. 대학 시절에도 무료한 시간을 거의 소설 읽기로 채워갔다. 실제 삶보다 소설에서 배운 게 더 많으니 책을 사랑할 수밖에. 문학의 쓸모란 현재의 삶에 대한 관점을, 우리가 디뎌 움직이는 버팀목을 얻을 수 있는 장을 제공하는 것이라는 랠프 월도 에머슨의 말*에서 앞으로도 벗어나기 어려울 것 같다.

최근 발간된 정세랑의 소설집 『목소리를 드릴게요』는 재밌게 술술 읽혔다. 미래 지구에 사는 인간들의 모습

---

* 제임스 설터, 『쓰지 않으면 사라지는 것들』, 최민우 옮김(마음산책, 2020), 28쪽

을 지켜보는 것이 흥미로웠다. 현대 자본주의 사회의 문제를 고스란히 보여주는 인물들을 통해 비판의식을 드러내면서도 작품 근저에는 친밀함과 애정이 밑바탕되어 있어 공감하기 쉬웠다. 과학기술의 발전과 사회의 변화, 인류의 진화에도 불구하고 변하지 않는 인간적 가치에 대한 고민이 작가에게 있었던 것 같다. 우주여행이 가능하고 인공지능이 발달하더라도 인간에게는 여전히 사랑과 연민 같은 감정이 남아 있으리라는 기대 같은 것 말이다. 지금과는 조금 다르지만 말이다.

「리셋」에서는 미래 어느 날 인간 세계에 거대 지렁이들이 출몰하여 콘크리트 건물을 집어삼키기 시작한다.[*] 인간들의 개체수는 현격하게 줄어들고, 어쩔 수 없이 인간들은 지하 세계로 숨어들어가 생존할 수밖에 없게 된다. 이 거대 지렁이들의 정체를 파악하기 위해 그 흔적을 쫓아가는 일련의 무리들이 있다. 그 가운데 '나'는 사실 미래에서 지구 환경의 심각성을 해결하기 위해 연구하던 중 지렁이를 개발하여 과거 지구로 보낸 과학자이다.

[*] 정세랑, 「리셋」, 『목소리를 드릴게요』(아작, 2020), 41~92쪽

지구가 멸망하지 않게 하기 위해 시간 여행을 하는 지렁이들이라니 그 기발함이 빛난다.

정세랑의 소설에서 미래 인류는 더 이상 섹스를 하지 않고 쾌감 패턴을 누리는데, 그들이 과거에 대해 갖는 생각과 태도들이 특히 재밌다. 과거는 재미없고, 더럽고, 위험하다고 말한다(「미싱 핑거와 점핑 걸의 대모험」). 또 원칙도 윤리도 없이 막살다 망할 수 있다는 교훈도 과거로부터 온 것이다(「11분의 1」). 때로는 복잡한 비판보다 단순한 욕이 통쾌한 기분을 느끼게 해주고 정신을 번쩍 차리도록 만들어준다. 현재 위험하고 더럽고 원칙 없는 세계에 살고 있는 우리로서는 이런 진술과 서사에서 느껴지는 쾌감이 있다. 그것이 바로 지금 우리가 살고 있는 세계를 되돌아보게 하고, 일상을 바꾸는 작은 혁명의 계기를 만드는 것이 아닐까.

환경 파괴와 오염, 재난과 사고, 바이러스와 질병이 유행하고 있는 세계에서 이제 인간은 재래의 관념에서 벗어나 겸손한 태도로 유연하게 사고해야 할 때인 것 같다. 인간중심주의, 물질 만능주의, 발전과 성장의 시나리오에 대한 과신으로 폭력과 파괴를 일삼으면서는 더 이상

존속할 수 없다는 위기감이 이 지구를 휩쓸고 있기 때문
이다.

비딱하고 불순하게
다정하고 따뜻하게

「모조 지구 혁명기」가 보여주
는 것처럼 인간중심주의가 무너지고 왜소해진 인간들이
미래 지구에서 무척 소심하게 살아간다는 이야기는 재
밌지만 낙관적 전망만 할 수는 없다. 이 지구가 그렇게
쉽게 '폭망'할 것 같지 않다. 더 오래 고통받고, 훨씬 많
은 사람들이 괴로움에 빠진 채 처참함을 견뎌야만 할 것
같다. 최악으로 가기까지의 과정이 더 길고 끈질기게 이
어질 것이다. 낙관적 시선이나 전망, 인간에 대한 기대
같은 것을 갖기 어렵다. 지난겨울부터 코로나 바이러스
유행과 팬데믹으로 벌써 수개월째 일상이 무너지고, 생
활 방식이 바뀌어 사람들은 다 조금씩 불안하고 어리둥
절해 있다. 엄청난 제약과 두려움에도 불구하고 한국인
들이 보여준 인내심과 정부와 관계 부처의 체계적 대응

이 상찬되고 있다.

하지만 앞으로 우리는 정말 어떻게 살아가게 되는 것일까. 다시는 이전 세계로 돌이갈 수 없을 거라는 진단들이 쏟아져 나오고 있다. 벌써부터 경기 침체에 따른 실업률 상승, 소자본 영세 사업가들의 폭망, 사회적 약자와 취약 계층의 빈곤 심화 등이 거론된다. 가난과 불행은 이제 더 이상 개인의 문제가 아니다. 고용 보장제, 부의 재분배, 복지 정책 확대 등의 국가 개입이 필수 불가결하게 되었는데 다시 인권 침해나 사회 통제의 부작용이 우려되기도 한다. 이런 상황 속에서는 인간이 더 잘 보이는 것 같다. 인간의 가능성과 처참함이 더 가시화된다고 해야 할까.

정세랑 소설집의 표제작 「목소리를 드릴게요」는 수용소에 격리된 인간들의 모습을 보여주고 있어 지금 이 시기의 우리를 되돌아보게 해준다.* 이 소설은 희한한 능력으로 수용소에 격리된 사람들이 마침내 '사랑'을 찾아 목숨을 담보로 한 탈출을 감행하는 이야기다. 주어진 조건에

* 위 책, 151~216쪽

적응하며 의미를 찾는 인간의 모습, 개인적으로 짊어진 각각의 불행에도 불구하고 협력하는 모습, 개인의 욕망과 이타적 사랑이 부딪치는 모습 등을 이 이야기는 퍽 잘 보여준다. 참 이상하고 모호한 존재로서 인간은, 파괴자이기도 하고 생산자이기도 하다. 수용자이기도 하고 행위자이기도 하다. 자신의 사랑을 찾아가기 위해 목소리를 내어주는 것처럼, 인간의 선택은 다 결정되지 않는 방향성을 갖고 있어서 그래도 다행인 것일까. 우리에게 미래라는 가능성은 흘러가는 시간이 아니라 창조적으로 재구성하고 적극적으로 선택할 수 있는 무엇이기를 바란다. 정세랑이 이끄는 세계(파괴되고 무너졌지만 여전히 소통하고 공감할 수 있는), 다정하고 따뜻한 미래로 끌려가고 싶다.

저는 혁명이라는 게 일거에 이루어진다고 생각하지 않거든요. 경로 이탈적이고 혼합하고 추가하는 방식들을 끊임없이 쓰다 보면 거기서 질적인 변화들이 오는 순간들이 있다고 생각해요. 혁명적인 생각을 한다기보다는 우리들이 할 수 있는 실천의 방식은 작은 구멍들을 찾아서 뭔가를 변조시키는 작업이지 않을까요?

　인용 부분은 최근에 읽은 책의 일부인데 에코페미니즘을 실천하는 활동가들의 대담집이었다. 우리의 현재 삶의 모습을 다시 생각해볼 수 있는 계기가 되었다. 생명체의 현재와 과거를 들여다보고 미래를 그려보는 일. 그리고 그러한 작업을 자본주의 사회에서 상품화하는 대신에 다른 선택을 하기 위해 노력하는 사람들이 이미 꽤 많았다. 함께 존재하기 위해 공감할 줄 아는 것은 능력이며 상상력이 필요한 일이기도 하다. 생산과 소비보다는 재생산과 순환에 관심을 갖고, 생태 환경의 미래를 생각하며 소수자의 권리를 찾아갈 때인 것 같다. 틈을 발견하고, 실천적인 삶을 살아가는 것이 쉽지는 않다. 그래서 매일 조금씩 읽고 쓰는 일이 필요한지도 모르겠다. 삐딱하고 불순하게 세상을 바라보는 하나의 방식으로서, 글쓰기를 제안해본다. 마음껏 상상력을 발휘할 수 있는 통로로서 말이다.

---

* 여성환경연대 엮음, 『괜찮지 않은 세상, 괜찮게 살고 있습니다』(북센스, 2019), 191쪽

빌어먹을 딸들

〈마르타 아르헤리치와 세 딸들〉

> "그녀이 제 자식을 낳고도 나한테 그래,
> 엄마는 혼자 중얼거렸다"

마르타 아르헤리치와
만나다

어느 날 부스스한 흰 머리칼을 풀어 헤치고 열정적으로 건반을 두들기는 피아니스트를 보았고 당장에 빠져들었다. 노년의 마르타 아르헤리치(Martha Argerich, 1941~)였다. 무엇보다 빠르고 힘 있는 연주는 겉으로 보이는 그녀의 수수한 차림새나 지긋한 나이에 어울리지 않는 것이었다. 여든에 가까운 나이에 피아노 연주를 한다는 것이 가능하다고 생각하지 않았다. 그런 내 편견에 침이라도 뱉듯이 마르타 아르헤리치는 연주를 훌륭히 소화해내고 있었다. 물론 리즈 시절의 그녀는 좀 더 강렬하다. 무척 아름답고 손가락이 거의 보이지 않을 정도로 연주가 빠르다. 그런데 난 어쩐지 나이 든 마르타가 더 좋았다. 연주를 계속 찾아 듣고, 그녀에 관한 평전을 읽고, 국내에 개봉되지 않은 다큐멘터리

까지 찾아보기에 이르렀다.[*]

1941년 아르헨티나 부에노스아이레스에서 태어난 마르타 아르헤리치는 일찍이 피아노 연주에 두각을 나타냈으며 아버지의 지극한 사랑과 어머니의 강력한 원조를 받으며 성장하였다. 마르타의 어머니 후아니타는 강철 같은 여성으로 딸을 위해서라면 대통령과 약속을 잡아내고 끝내 만나고야 마는 사람이었다. 마르타는 그런 어머니의 도움으로 국가장학금을 받아 유럽에 건너가 피아노 수업을 받으며, 최고의 피아니스트들과 함께 어울리며 활동할 수 있는 기회를 잡게 되었다. 엄격하고 무서운 어머니 밑에서 훈련받았지만 마르타는 자유로운 생활을 지향하며 여러 예술가들과 함께 분방하게 지냈다고 한다. 쇼팽 콩쿠르 우승 외에 각종 수상과 도이치 그라모폰사, EMI 등의 음반 취입, 세계 각국의 초청 연주는 최고의 예술가에게만 주어지는 영예로운 삶의 과정이었다.

---

[*] 이하 내용은 올리비에 벨라미가 쓴 평전 『마르타 아르헤리치─삶과 사랑, 그리고 피아노』(이세진 옮김, 현암사, 2018)와 스테파니 아르헤리치Stephanie Argerich가 만든 다큐멘터리 〈마르타 아르헤리치와 세 딸들Argerich, Bloody Daughter〉(2012) 참조

천재적인 예술가로서 마르타의 인생 이야기는 어딜
보나 감동적이다. 타고난 재능을 감당하는 삶의 모습을
통해 인간 정신의 강인함과 숭고함을 느낄 수가 있다. 그
녀가 보여준 자유와 열정은 가슴을 두근거리게 만든다.
그런데 그녀에게 세 딸이 있다는 것을 알고 나서 나는
아르헤리치의 삶과 정신세계가 더 궁금해졌다. 아버지
가 다른 딸들이 어머니와 자신을 어떻게 이해하고 있는
것일까. 가족을 어떻게 받아들이며 성장해왔을까. 마르
타와 딸들의 삶을 들여다보며 나는 사랑에 관해, 예술가
의 나이 듦에 관해, 그리고 가족이란 무엇인가에 대해 다
시 새롭게 질문을 던져볼 수 있게 되었다.

아버지가 다른
세 딸들

피아니스트 마르타 아르헤리
치는 아버지가 다른 세 딸을 낳았다.

첫째 딸 리다는 중국계 미국인 작곡가 로버트 첸과의
사이에서 1964년 출생하였다. 중국계 피아니스트 푸총

은 마르타에게 첸을 소개해주었는데 둘 사이의 감정은 우정에 가까웠던 것 같다. 딸의 어이없는 결혼과 출산으로 화가 난 마르타의 어머니 후아니타는 손녀를 숨기고, 친부로부터 빼돌리는 등의 처사로 첸과 관계가 악화되었고 결국 리다의 친권과 양육권을 둘러싼 법적 공방이 벌어졌다. 첸이 친권자로 인정되었지만 그가 양육을 할 만한 처지가 못 되어 리다는 이곳저곳을 전전하며 자라게 된다. 뒤늦게 후아니타는 고아원의 리다를 빼돌려 마르타가 살고 있는 곳으로 데려오지만 친권이 없는 마르타 가족의 이러한 처사는 유괴에 해당하는 것이었다. 다행히 리다는 형편이 조금 나아진 아버지와 함께 성장하게 되었다. 평범한 가족을 이뤄 엄마 역할을 하기에 마르타는 너무 어리고 이기적이었던 것 같다. 실제로 그녀는 자기 자신을 첫째 딸 리다의 엄마가 아닌 언니처럼 느껴왔다고 고백한 적이 있다. 훗날 성장한 리다는 아버지 첸의 기록을 뒤져 친모를 찾아오게 되는데 용서를 구하는 마르타를 너그럽게 받아들인다.

"저를 태어나게 해주셨잖아요."

나는 딸 리다의 입에서 나온 이 말에 놀랐다. 리다 역시 수준급 비올라 연주자였는데 어머니를 포용하는 그녀의 능력이 대단해 보였다. 성인이 된 리다는 본능적인 사랑이 아니라 사랑을 회복하고 지키기 위해 노력하는 태도로 마르타와 삶의 시간을 함께한다. 마르타의 재능과 미모를 가장 많이 물려받은 딸로서 리다는 강인하지만 경계인(혼혈인)으로서 감정을 느끼며 살아가는 것처럼 다소 불안해 보이기도 한다.

둘째 딸 아니 뒤투아는 지휘자 샤를 뒤투아와의 사이에서 1970년 출생하였다. 뒤투아는 실력 있는 예술가로서 아내의 예술적 삶을 충실히 지원했지만 마르타 자신은 지나치게 많은 연주회로 혹사당했다고 생각하고는 했다. 훗날 남편이 다른 바이올리니스트와 사랑에 빠진 사실이 발각되어 이혼하게 된다. 이 시기의 마르타는 무척 바쁘고 유명했던 까닭에 딸 아니 역시 여러 친구와 이웃, 주변인들의 도움을 받아 키웠다. 아니는 어머니 대신 현실적 삶을 돌보고 규칙적인 생활을 좋아하는 독립적인 딸로 성장하였다. 학교생활이나 시험 점수에 무관심한 마르타를 두고, 엄마는 "내가 돌봐야 하는 아이"였다고 말하는 둘째 딸은 아버지의 혈통을 더 많이 이어받았던 것 같다. 나이 어린 동생을 돌보고 가르치는 것 역시 아니의 몫이었다. 자신과는 좀 다른 딸이 마르타의 생활을 돌봐주었으니 이 조화 역시 괜찮아 보인다. 아니는 결혼하고 두 아들을 낳아 키우며 마르타를 평범한 할머니로 만들어준 좋은 딸이라고 할 수 있다.

두 번째 결혼생활 전후로 마르타는 피아니스트 스티븐 코바세비치와 연애하였다. 샤를 뒤투아와 이혼 후 셋째 딸 스테파니 아르헤리치는 스티븐과의 사이에서 1975년 출생하였는데 마르타는 셋째 딸의 출생과 함께 일반적 의미에서 모성에 가까운 감정을 회복한 것처럼 보인다. 이전과는 달리 딸을 끔찍하게 아끼고 사랑하는 모습을 보였다. 스테파니는 밤늦게 마르타가 피아노 연습을 하는 동안 페달을 밟는 엄마의 발을 보며 잠들고는 하였다. 순회 연주회에 갈 때면 데려가기도 했는데, 연주회 직전 엄마의 히스테리를 목격했으며 연주회가 진행되는 동안의 긴장과 떨림 역시 함께 겪어냈다. 그녀는 "공연은 엄마를 잃어버리는 순간"이었다고 말한다. 보통의 엄마와는 완전히 다른 예술가로서의 영혼을 대면할 수밖에 없는 것. 그녀는 성장기 내내 사람들에게 초월적 예술가로 존재하는 엄마를 지켜봤으며, 여신의 딸로 살아갈 수밖에 없었다고 고백한다. 베토벤 전문 연주자인 아버지 스티븐이 엄격한 자기 통제와 규율 속에 살았던 까닭에 셋째 딸은 아버지와 함께 살았다면 자신의 방황이 조금 짧지 않았을까 반문한다. 스티븐과의 동거 생활도 막을 내리고 마르타는 두 딸 아니, 스테파니와 함께 스위스 제네바 등지에서 생활하게 되었다. 나중에 큰딸이 찾아와 종종 함께 지내고는 하였다. 그 이후에도 마르타는 미셸 베로프, 라비노비치 바라콥스키 등과 연애를 했던 것으로 알려졌으나 더 이상의 결혼과 출산은 없었다.

네 마리
토끼들

　　　　　　　　내게도 딸들이 셋이나 있다. 유치원에 다니거나 초등학교에 다니는 아이들이다. 코로나 바이러스의 유행으로 집에 있는 시간이 훨씬 더 늘어났다. 저희들끼리 제법 잘 놀기도 하고 곧잘 싸우기도 한다. 원고 쓸 시간을 벌기 위해 아주 어렸을 때부터 아이들의 손에 이면지와 연필을 쥐어줬다. 의미 없는 끼적임이 대부분이었는데 제법 재밌는 그림들도 있다. 종종 가족을 그리기도 한다. 매일 눈 마주치는 가족들을 그려내는 아이들의 조그만 손을 지켜보게 된다. 나는 매일 화를 내고 소리를 지르는데 애들 그림 속의 엄마는 늘 활짝 웃고 있다. 실제보다는 바람에 가까운 것이 아닐까. 안정감과 행복을 주는 가족에 대한 욕구는 본능일 테니 말이다. 가족을 두르고 있는 엄마 팔은 너무 크고 두꺼워서 거의 날개처럼 보인다. 아이들에 대한 나의 집착과 강박을 말해주는 듯해서 부끄럽다. 공부하라는 잔소리는 덜해도 결국 나는 이거 해라, 저거 하지 마라, 조용히 좀 해라, 위험하니 내려와라, 흘리지 말고 먹어라 등등 잔소리가 끝도 없는 엄마인 것이다. 마르타처럼 자유분방하게 키우기는 애초에 글렀다.

나는 엄마로서 내가 돌보는 네 마리 토끼들(이란성 쌍둥이로 태어난 아들도 하나 있다)이 잘 자라서 개성적이고 독립적인 삶을 유지하기 원한다. 그러나 이런 내 바람은 바람뿐일지도 모르겠다. 사실 나는 공부를 하지 않고, 대학을 가지 않고 어떻게 자기 삶을 건전하게 꾸려갈 수 있

는지 잘 모른다. 나 역시 정규 교육을 통해 남들처럼 공부하고, 남들처럼 대학 가고, 눈치 보며 적응해간 삶을 살았기 때문이다. 결혼하여 가정을 이루고, 아이를 낳았으며, 부모와 가능한 대립하지 않는다. 다른 틀을 고려해보지 않은 지루하고 딱딱한 삶이었다. 늘 속이 답답하고 우울했으며 행복감을 잘 느끼지 못했다. 억압과 구속이 당연한 줄 알았다. 이제는 돌봐야 할 어린아이들과 늙어 아프신 부모님 옆을 지키는 책무를 힘겹게 이어가고 있다. 무엇으로 보나 마르타와는 너무나 먼 삶이다.

문득 반찬과 과일을 짊어지고 아픈 다리를 절룩거리며 병원 입원실을 들어왔던 엄마가 생각난다. 첫딸 출산 직후 누워 있을 때였다. 한겨울 빙판길을 불편한 몸으로 무거운 짐을 들고 오는 것이 부담스러웠던 나는 엄마에게 싫은 내색을 했다. 엄마는 조용히 병실을 나갔고, 나는 병원 복도 끝 비상계단에서 울고 있는 엄마의 뒷모습을 보았다. 그년이 제 자식을 낳고도 나한테 그래, 엄마는 혼자 중얼거렸다. 부기도 빠지지 않은 몸으로 나도 울었다. 딸 되기도, 엄마 되기도 힘든 나날들이었다.

핏줄 너머,
가능한 삶의 방식

마르타는 정말 어떻게 딸들과 잘 지낼 수 있었던 것일까.

그녀는 두 번째 이혼 후 제네바 쿼 크로스니에 거리에 있는 오래된 고아원 건물을 임대하여 두 딸과 함께 거주한다. 이 집은 늘 문이 열려 있었으며 다양한 사람들로

북적였다고 한다. 많은 예술가들과 예술가인 척하는 사람들이 와서 며칠씩 머무르며 연주하고 먹고 자고 놀았다. 청소를 맡아 하는 이가 있었으나 대체로 뒤죽박죽이었다고 한다. 금지와 규칙이 없는 이곳에서 마르타와 그녀의 딸들은 자유롭게 지낸다(이러한 생활은 마르타의 암 발병 후 치료차 미국으로 건너가 요양하기 전까지 지속되었다고 한다). 좋은 걸 아무 때나 할 수 있는 공간으로서 집은 재밌는 놀이터였던 셈이다. 고난이나 방황이 아주 없지는 않았을 것이다. 엄마의 연인이자 아빠 역할을 대신했던 미셸 베로프가 떠나자, 딸들은 엄마의 고통을 고스란히 지켜봐야 했으며 그 빈자리를 느껴야만 했다.

셋째 딸 스테파니는 엄마가 일본 연주회를 마치고 갖고 온 소니 캠코더를 어릴 적부터 가지고 놀았다. 스테파니는 다큐멘터리 〈마르타 아르헤리치와 세 딸들〉을 만들어 예술가로서 마르타와 평범한 일상인으로서 삶의 모습을 보여주었다. 내가 연주를 듣거나 평전을 읽으며 상상했던 것과는 또 다른 모습들이 다큐멘터리 속에 있었다. 마르타 그녀는 불안하게 서성이는 존재였으며, 대담성과 수줍음을 동시에 가지고 있었다. 변덕스러운 감정에 비해 연주회에서는 늘 놀라운 집중력을 보여주었다. 딸들에게 "학교는 뭐 하러 가니, 그 재미없는 곳을"이라고 말하는 엄마였다. 한국 엄마들은 상상도 못할 이야기. 딸들을 다른 사람들의 손에 아무렇게나 내버려두고 연주회 투어를 다니는 예술가를 탓하는 사람은 아무도 없었다. 딸들은 그런 삶에서 자신의 개성을 잘 지켜나간다. 삶의 방식에는 정답이 없으므로 꼭 어떠해야 하는 것은 아니므로.

다큐멘터리 속에서 마르타가 딸들에게 준 것은 사랑보다는 자유에 가까운 것처럼 보였다. 금기가 없는 생활이었으며 계획이나 목표 같은 건 중요하지 않은 듯 행동했다. 한국 사회에서 쉽게 찾아볼 수 있는 부모와 자식 간의 억압과 구속, 목표 지향적 삶은 찾아보기 어려웠다. 마르타와 딸들은 거의 친구처럼 보였다. 일방적인 돌봄과 배려 같은 건 없었다. 어찌 보면 부모와 자식이 서로를 돌보고 있는 것처럼 보였다. 함께 성장하고 아파하는 삶의 이야기. 남자친구와 헤어져 밤새워 우는 엄마를 어린 딸들이 달래는 모습을 보고 있자면 말로 형언하기 어려운 감정을 느끼게 된다. 인내와 희생 같은 관념이 마르타에게 없어도 딸들은 마르타를 엄마라 부르는 데 아무런 거리낌이 없었다.

한편 마르타의 셋째 딸 스테파니의 아버지이자 마르타의 연인이었던 스티브 코바세비치는 베토벤에 심취한 천재적인 피아니스트로 이후 평생 결혼하지 않고 혼자 지낸다. 손때와 커피 얼룩이 묻은 베토벤의 악보를 박물관에서 들여다보며 눈물을 글썽이는 아버지를 본 적이 있다고 스테파니는 말했다. 그에게도 스테파니 이외에 어머니가 각각 다른 세 명의 자녀들이 더 있다. 가끔씩 네 명의 자녀들을 한자리에 불러 모아 만찬을 즐기고는 하는데 그 모습이 내게 문화적 충격을 주었다. 네 명의 이복 자녀들은 화기애애해 보였다. 자유분방하게 자란 자녀들이 아버지에 대한 원망과 분노 없이 함께 모여 웃고 떠들었다. 평범하지 않은 것이 죄는 아니니까. 피아노에 집중된 규칙적인 삶과 사랑하는 여성과 나눈 소통과 교류, 방해받지 않는 편안한 일상을 영위하는 것이 자신의 인생 원칙이라고 말하는 그를 단순히 이기적이라고 욕할 수 없었다. 혼자서 간소한 삶을 꾸리며 연주자로서 삶을 지켜가는 이 노인네의 고집스러운 생활 속에는 자기 철학에 충실한 예술가의 절도와 사랑이 있었다. 조금 다르게 살아가는 것, 혈연적 유대로 서로를 얽어매지 않는 것, 그것이 자연스럽게 허용되는 사회를 조심스럽게 꿈꿔본다.

예술가의
용기

　　　　　　　　　"엄마는 자신을 여성이라고 생각한 적이 있어? 그런 적 없을걸."

딸의 질문에 마르타는 수긍의 의미를 담아 빙그레 웃었다. 지나치게 '성'을 자각하거나 성 역할에 충실하도록 하는 사회는 나쁘다. 보호가 필요한 사회인 것이다. 마르타가 여성으로서 뚜렷한 자각 없이 살아온 것은 물론 그녀의 뛰어난 예술적 재능 때문이기도 하지만 그러한 특별함 없이도 사람에게는 저마다 능력이 있어 그걸 존중받고 살아야 하는 것이 아닐까. 마르타는 성에 대해서보다 어쩔 수 없이 나이 듦에 대해서 더 많이 생각하고 있는 것처럼 보였다. 젊은 시절의 그녀도 그랬지만 나이 들수록 그녀는 다른 사람의 재능과 개성에 퍽 너그러운 면모를 보여주었다. 다름과 차이를 극복하지 않는다면 후속 세대나 자식들과도 원만하게 지내기 어려운 것 같다. 관대함은 자신을 지켜가는 데 가장 중요한 덕목이 아닐까. 그리고 나이 들어갈수록 친구가 필요하며 사랑보다는 남녀노소를 불문한 우정에 기대어 살게 되는 것 같다. 이 우정은 자신이 느끼고 생각하는 것을 지키고 나누는 용기라고 할 수 있는데 마르타는 무엇보다 용기 있는 예술가처럼 보였다.

1980년 그녀는 쇼팽 콩쿠르의 심사위원 자격으로 초대되는데, 객관성을 중시하고 전통을 옹호하며 확고한 미적 기준을 수호하는 행세를 하지 않는다. 아티스트로서 충실한 그녀는 이보 포고렐리치의 자유분방한 연주에 깊은 감동을 받아 좋은 점수를 주었지만, 다른 보수파 위원들이 그를 예심에서 제외시키자 그녀 스스로 심사위원 자리에서 물러난다. 이 콩쿠르 심사 스캔들로 인해 이보 포고렐리치는 그해 우승자보다 더 유명세를 타게 된다. 예술은 규범과 양식을 통해서가 아니라 이반과 탈주를 통해서 그 영역이 넓어진다는 점을 보여준 나이 든 마르타와 젊은 포고렐리치는 이후에도 열광적인 연주를 펼치며 전 세계적인 사랑을 받게 된다. 그밖에도 마르타는 다른 많은 예술가들과 소통하며 그들을 격려하고 아낌없이 지원하고 영감을 북돋워주고는 하였다. 때때로 부작용도 나타났다. 마르타를 만나고는 더 이상 피아노를 치지 않는 예술가들도 있었으니 말이다.

애정과 이해가
꿀물처럼 뚝뚝

다큐멘터리 후반부에서 마르타와 세 딸들은 어느 바람 부는 날 공원으로 소풍을 간다. 그녀들은 잔디밭에 앉아 발가락에 형형색색 매니큐어를 바르며 수다를 떤다. 발가락과 매니큐어 취향에 대한 수다는 거의 잡담에 가깝지만 서로를 향한 애정과 이해가 꿀물처럼 뚝뚝 떨어진다. 제목 'Bloody Daughter'를 번역하자면 '빌어먹을 딸들'이 될 텐데 작품 속에서도 그 얘기가 나오지만 이건 순전히 지극한 사랑의 표현이다. 충만한 기쁨과 고난의 시간을 함께 버텨온 딸들을 향한 말이라고 해야 할 것이다.

마르타는 입버릇처럼 "삶은 이런 것이 아니야, 인생은 이런 것이 아니야"라고 중얼거리고는 한다. 사물은 이해하는 것이 아니고, 예술은 언어적으로 표현되지 않는다고 말한다. 충만함과 아름다움은 느껴야 하는 것이라고. "내가 나이 들어 콤플렉스가 생기고, 덜 바삭하고 덜 신선할지 몰라도 음악과 나 사이는 늘 새롭다"고 말하는 이 나이 든 예술가를 어찌 사랑하지 않을 수 있으랴. 마르타는 오랜 시간 자신의 모습을 카메라에 담는 스테파니에게 속삭이듯 말한다. "너는 내가 말하면 하품이 나고 배가 고프지" 하며 넉넉하게 웃는다. "우리는 세대가 다르고 소통이 잘 되지 않아 서로 무슨 말을 하는 줄 모를 테지만 난 널 보는 게 너무 좋다"고 슬며시 고백한다. "네 옆에 있고 싶다"고. 마르타가 사랑의 마음을 잃지 않고 그녀의 세 딸을 바라보는 것처럼 나도 내 아이들의 옆에 잘 있고 싶다. 곁을 내어주는 일은 예술에도, 가족에게도, 사랑에도 중요한 문제인 것 같다.

3

출렁거리는
여자들

창조하는 눈은
아름답다

낸 골딘 · 비비안 마이어 · 신디 셔먼의
셀프 포트레이트

"누구나 자신의 모습이
낯설 때가 있다"

나의 멍든 얼굴이
당신의 눈에 비칠 때

　　　　　　　　낸 골딘(Nan Goldin, 1953~)의
사진을 어떤 경로로 처음 보게 되었는지 뚜렷하게 생각
나지는 않는다. 〈심하게 매 맞고 난 한 달 후의 낸〉(뉴욕,
1984)이었다. 사진에 대한 설명 없이도 무슨 일이 일어
났는지 단박에 알아차린 나 자신이 마음에 들지 않았다.
애인 브라이언의 구타였다. 낸은 시력을 잃어버릴 뻔했
지만 피멍 든 얼굴로 카메라 앞에 섰다.

　사람들은 보통 고통과 상처를 가리고 덮는다. 수치스
럽고 아프기 때문에 잊으려고 한다. 자신의 잘못이라고
스스로를 탓하기도 한다. 폭력에 노출된 후에는 거울조
차 보기가 두려워지는 법인데 낸은 달랐다. 오히려 그녀
는 심하게 일그러진 자신의 모습을 사진으로 붙잡아두
는 방식을 취했다. 다시는 그런 일이 일어나면 안 된다고
스스로 다짐하는 듯했다. 나는 그렇지 못했고 오랜 시간

우울감에 시달렸다. 낸의 사진을 마주 보는 일이 힘들었고, 바로 그 고통 때문에 그녀의 다른 사진들을 찾아보지 않을 수 없었다.[*]

낸 골딘은 1950년대 초 미국 중산층 가정에서 태어났다. 자유롭고 진보적인 유대인 가정의 분위기였다고 한다. 그런데 어릴 적 언니 바버라 홀리가 자살하고, 그것을 받아들이지 못한 가족들의 방황이 시작되었다. 그녀는 언니의 자살에 대해 납득할 만한 해답을 원했으나 가족들은 은폐의 방식을 취했다. 그 간극은 진실을 찾아 헤매는 긴 과정을 필요로 하였다.

낸은 집과 부모를 떠나 당대 히피 문화 운동에 빠져들어 공동체 생활을 시작하였다. 미술 수업과 사진 작업에 몰두하였고, 보스턴에 있는 동안 여장남자들과 성매매 여성들을 찍게 되었다. 버림받거나 억압당하는 사람들의 소박함, 내면적 진실함에 대한 추구에 낸은 점점 더 빠져들었다. 런던이나 뉴욕 등지에서 스킨헤드들과 어울리며 사진 작업을 계속하였다. 선정적이며 도발적

[*] 귀도 코스타, 『낸 골딘(Nan Goldin)』, 김우룡 옮김(열화당, 2003) 참조

인 장면들을 거리낌 없이 잡아내는 그녀의 사진 속에는 내가 누려보지 못한 일탈과 자유가 고스란히 담겨 있다. 노골적이고 거친 사진들에는 미처 깨닫지 못한 우리 자신의 삶에 대한 질문이 포함되어 있다. 계층과 성, 제도와 관습에 얽매이지 않은 삶을 누릴 자유가 인간에게 있지 않냐는 질문이 그녀의 사진에는 당당하게 자리 잡고 있다.

〈일기에 무엇인가 적고 있는 낸의 셀프 포트레이트〉(1989, 보스턴)는 좀 더 개인적이고 내밀한 느낌을 준다. 빛과 어둠의 굴절과 대비가 인간의 복잡한 내면을 잘 말해주는 것 같다. 침대 위에 엎드려 무엇인가를 끄적거리는 시간이 가져다주는 자기 응시의 순간들, 멈춤과 사색의 시간을 기민하게 포착해서 보여준다. 〈바위 사이에서의 셀프 포트레이트〉(1999, 레반초)는 바위를 배경으로 한 자신의 모습으로 다소 무겁게 보인다. 흩날리는 머리카락 때문일까. 무엇인가를 뚫어지게 바라보는 시선 속에는 상실감이 엿보이기도 한다. 〈기차 안에서의 셀프 포트레이트〉(1992, 독일)는 창밖을 응시하는 옆모습이 연출된 사진인데 풍경과 인물 사이의 대비는 기대감과 초조함을 드러낸다.

낸 골딘의 셀프 포트레이트는 각기 다른 모습을 보여주면서도 그녀 자신이 추구하는 자유와 탐구의 자세를 공통으로 드러낸다. '나'는 확고부동하게 정의 내릴 수 없을 것이다. 미정형의 무엇이라 아주 잠깐 카메라에 잡히는데, 그 순간들의 '나'가 모여 마치 '낸 골딘'이라고 말하는 것 같다. 누구나 사진 속 자신의 모습이 낯설 때가 있다. 그 것은 내가 부인하는 나의 모습이 종종 끌려나오기 때문이 아닐까. 내가 생각하는 나 자신 역시 오해와 착각의 산물일 것이다. '나'는 변화하고 유동적인 존재라 생각하는 편이 낫다. 낯섦을 수용하고 변화를 받아들이는 '나'로 살아가보기로 한다.

나는 카메라다

비비안 마이어(Vivian Maier, 1926~2009)의 사진은 존 말루프에 의해 세상에 알려졌지만 아무도 그녀를 충분히 알지 못한다. 사진과 영화 속에서 그녀를 들여다보아도 앎은 완성되지 않고, 오히려 의문만이 증폭된다. 창고를 가득 채운 필름 상자들을 보

면 사진에 대한 엄청난 애착이 느껴진다. 수북한 영수증
과 편지, 신문, 녹음테이프 들을 보면 비비안은 수집광처
럼 보인다. 존 말루프가 조사, 정리한 내용들은 대략 이
렇게 간추려진다.[*]

비비안 마이어는 1926년 뉴욕에서 태어났다. 평생 독
신이었던 마이어는 보모, 가정부, 간병인 등으로 일했
다. 일하는 중간중간 도시를 돌아다니며 사진을 찍었고,
2009년 죽는 순간까지 자신의 사진을 필름 형태로 간직
했다. 무려 15만 장에 이르는 사진 상자를 보관하기 위해
5개의 창고를 임대했다고 하니 놀랍다. 마이어가 죽고
나서 경매로 나온 사진 상자들을 존 말루프가 인수했고
페이스북에 그녀의 사진이 공개되면서 대중에게 알려지
게 되었다. 존이 개최한 비비안 마이어의 사진 전시회는
성공했으며 그녀의 사진은 사람들에게 큰 인기를 얻었
다. 비비안 마이어는 사후에 명성을 얻어 각종 잡지 표지
를 장식하고 전 세계적으로 주목을 끌며 인정받았던 것

[*] 존 말루프, *Vivian Maier: Self-Portrait*(Random House Inc., 2013). 존 말루프·마빈
하이퍼먼 외, 『비비안 마이어—나는 카메라다』, 박여진 옮김(월북, 2015). 존 말
루프·엘리자베스 아베돈, 『비비안 마이어 셀프 포트레이트』, 박여진 옮김(월북,
2015) 참조

이다. 이후 〈비비안 마이어를 찾아서〉라는 다큐멘터리 영화가 제작되었고* 여러 권의 사진집이 간행되었다. 다큐멘터리 속에는 생전에 그녀를 알았던 사람들이 나와 인터뷰를 하지만 그녀를 온전히 알기에 늘 부족한 상태이다. 워낙 비사교적인 독특한 사람이었기 때문이다. 가족도 죽고 없고, 친구도 많지 않았으며, 한곳에 오래 머물지 못했다. 마이어는 이제 죽어 사라졌고 물건들만 남아서 그녀를 부분적으로 보여줄 뿐이었다. 일정한 직업도, 집도, 가족도, 친구도 없었던 그녀는 왜 그렇게 기록과 편집에 집착했던 것일까.

1955년 뉴욕에서 찍은 셀프 포트레이트에서 비비안 마이어는 남자의 뒤에 있을 텐데 사진 속의 그녀는 남자의 앞에 있다. 남자가 들고 있는 거울 안에 카메라를 들고 있는 그녀가 보인다. 아마도 남자는 거울을 운반 중이었던 것 같다. 움직임과 이동의 순간을 포착하여 자신을 이동 중인 사물에 되비추어내는 기민함과 재치가 엿보인다.

* 존 말루프의 영화 〈비비안 마이어를 찾아서〉(2015) 참조

1954년 뉴욕에서 찍은 셀프 포트레이트는 거리의 풍경들과 건물의 내부가 되비치면서 좀 더 복잡한 양상을 띤다. 카메라를 낮춰 들고 있는 비비안 마이어가 보이고 그녀의 몸에 두 명의 여인들이 비친다. 그녀들은 대화 중인 것도 같고 싸우는 중인 것도 같다. 한 명은 정면을, 다른 한 명은 상대방을 응시하고 있다. 젊은 여자와 좀 더 나이 든 여자로 보인다. 사진 속의 여인들과 비비안 마이어는 어떤 관계일까. 이러한 연출 사진을 통해 무엇을 포착하고 싶었던 것일까. 가로수와 건물 들, 자동차, 계단, 담장, 배수구, 도시의 다양한 풍광 속에 사람들은 어떻게 존재하는 것일까. 사람들 한가운데 자신을 놓음으로써 어떤 유대감을 느끼고 싶었던 것일까.

　어느 한적한 시골 동네의 풀밭 위에 서 있는 셀프 포트레이트도 있다. 비비안 마이어는 그림자로 존재한다. 그런데 그림자 한가운데 동그란 은색 기둥은 배수관 혹은 잔디 급수 장치처럼 보인다. 그 안에 사실은 거대한 그림자의 주인, 카메라를 든 비비안 마이어가 아주 작게 보인다. 그림자 안에 자신을 다시 담아낸 것이다.

　1956년에 찍은 셀프 포트레이트에는 한적한 길가에

버려진 사물들이 포착된다. 유모차, 구두 한 짝, 얼크러진 풀들. 비비안 마이어 역시 상체 일부만 그림자로 존재한다. 자세히 보니 유모차에 아이가 타고 있다. 무슨 일이 벌어진 것일까. 사진가가 주목한 사물들, 상황은 어떤 메시지를 주는 것처럼 느껴진다. 상황과 메시지를 재구성하는 몫은 사진 바깥의 눈에 주어진다.

비비안 마이어는 손엔 언제나 카메라가 들려 있고 모자와 스커트 정도를 갖춰 입은 수수한 차림새이다. 셀프 포트레이트에는 분명히 사진 작업에 몰두한 그녀가 등장하지만 무엇을 말하려는지, 왜 말하려는지 쉽게 포착하기는 어렵다. 자신의 사진 이외에도 1950년대 전후 미국(특히 뉴욕, 시카고)의 거리 사진이 압도적으로 많다. 거리의 사물, 풍경, 사람 들도 자주 카메라에 담았는데 그녀가 살던 시대는 이제 막 카메라 기술이 발전하여 세상을 표현하고 정보를 전달하는 데 사진이 크게 기여한 시대이기도 했다. 그녀는 자신만의 시선과 감각으로 도시의 일상적인 모습을 기록했던 것으로 보인다. 단순한 기록을 넘어서 자기 자신을 표현하는 수단으로 적극적으로 활용했다. 주로 롤라이플렉스(Rolleiflex)라는 카메라를 이용하여 정사각형의 사진을 찍었는데 기록자이자 관찰자로서 자신과 삶을 이해하려는 노력으로 보인다. 그런 수행의 적극성과 사색의 힘이 보는 사람에게 전달되기 때문에 우리는 그녀의 사진을 들여다보게 되는 것 같다. 사진에 대한 전문적인 배움이 없는 비비안 마이어지만 그 누구보다도 카메라를 잘 활용하여 자신을 구성해갔다. 하나의 사물을 통해 '나'를 드러내는 이 멋진 여인을 오래도록 기억하고 싶다.[*]

나는 일종의 캐릭터이다

신디 셔먼(Cindy Sherman, 1954~)은 미국 뉴저지 출신으로 뉴욕에 거주하며 연출 사진가로 활동하였다. 1970년대 중반부터 직접 분장하고 상황을 연출하여 촬영하는 작업을 해온 셔먼은 30년 동안 다양한 캐릭터의 모습을 보여주었다. 무려 400장이 넘는 사진 속

---

[*] 사진집 『비비안 마이어―나는 카메라다』에 수록된 로라 립먼, 마빈 하이퍼만의 글을 참조

에서 그녀는 작가이자, 배우이자, 감독으로서 역할을 수행하였다. 여배우, 기자, 아들, 딸, 가정부, 주부, 탐정, 광대, 바보 등의 캐릭터 사진을 만날 수 있다. 셔먼은 어떤 상황과 감정을 극화함으로써 서사적인 효과를 창출한다. 무슨 일인가, 어떤 상황인가를 재구성하는 것은 사진을 보는 이에게 맡긴다.

신디 셔먼은 작품 제목 대신 번호를 붙인다. '무제'에 번호로만 구분된 일련의 사진들에는 연출된 상황에 대한 메모가 조그맣게 붙어 있다. 작품 382번은 강도를 만난 여배우를 연출한 사진이다. 뒤돌아보는 여배우의 과장된 몸짓과 얼굴 표정 속에는 충격과 공포가 담겨 있다. 381번은 자신감 넘치는 주연 남자 배우의 모습을 보여준다. 과장된 몸짓은 팔다리에 그대로 드러난다. 모자를 들어 올리는 모습이 생생하게 느껴진다. 당대의 남자 배우들에게는 이러한 포즈가 전형적이었나 보다.

224번은 카라바조의 그림 〈병에 걸린 바쿠스〉를 패러디한 것이다. 고전 화가들의 회화 이미지에서 영감을 얻은 작품들을 통해 그 속에 감추어진 남성적 욕망과 시선의 정치학을 전도시켰다는 평가를 받는다. 362번은 뭔가 좀 모자라 보이는 여자이다. 신디 셔먼은 그로테스크하거나 추하다고 여겨지는 것에 흥미를 가지고 이러한 것들이 오히려 매력적이고 아름답게 보인다고 말하였다. 전형적인 아름다움을 추구하지 않고 다른 면을 보는 것에 좀 더 흥미를 가지고 있으며, 그것이야말로 도전할 만한 일이라고 말한다. 또 광대 분장에 대해서는 이렇게 말하기도 한다. "추하고 구역질나는 측면과 캐릭터가 지닌 진정한 비애감이 혼합되기를 원했다. 광대들은 사람들을 즐겁게 하려고 하지만 동시에 슬픔이 내재된 존재들이다." 신디 셔먼에게는 광대들의 우스꽝스러운 슬픔과 히스테리컬한 행복을 동시에 제시하고자 하는 예술적 의욕이 있다. 그녀의 말은 사진을 바라보는 우리의 시선을 적극적으로 상상하고 비판하고 있는 것도 같다.[*]

나는 캐릭터로 작업을 하는데 이 캐릭터들은 당신이 가발이나 옷을 통해 알아낼 수 있는 것보다 좀 더 많은 정보를 준다.

[*] *Her Bodies : Cindy Sherman & Vanessa Beecroft*(아라리오 갤러리, 2004) 참조

나는 사람들이 그 인물의 삶을 상상하도록, 그리고 그들이 무엇을 생각하고 있는지, 또는 그들의 머릿속에 무엇이 있는지를 상상하도록 하고 싶다. 이것은 이야기를 말하는 것과 같다.

신디 셔먼의 다양한 관심과 표현은 그대로 우리 삶에 대한 여러 이해의 방식을 전해준다. 어디선가 보았음직한 인물들을 더욱 극적으로 과장되게 제시하는 사진 촬영 방법을 그녀는 선택하였다. 대중매체가 끊임없이 생산해내는 이미지들에 훈련된 우리의 인식 체계를 관객 스스로가 깨닫게 하려는 의도로 볼 수 있을 것이다. 그녀는 자신의 작품을 통해 잡지나 패션모델의 꾸며진 이미지가 아닌, 그 이미지 너머의 모습에 더욱 초점을 둠으로써 대중매체가 생산해내는 왜곡된 상을 부정하고 관객으로 하여금 거짓됨을 깨닫도록 한다.

눈으로 볼 수 없는 나의 모습들이 있을 것이다. 여성 사진가들의 사진을 바라보며 기존의 관념에 저항하며 스스로를 바라보고, 관찰하고, 창조하는 눈의 아름다움에 대해 생각해볼 수 있었다. 때론 시선 그 자체를 공격의 대상으로 삼기도 하는 사진들을 보며 편향되고 왜곡된 시선에 대해 반성할 수 있었다. 남성의 상대로서 자신을 정향시키는 것이 아니라 자신의 자리를 스스로 찾는 일이, 창조적인 나를 세우는 일이 쉽지는 않다. 고통과 비난, 수모를 견뎌야 하는 순간들도 많다. 이전 세대 예술가들의 용기 덕분에 오늘날 우리는 좀 더 자유롭게 자신을 구상할 수 있는지도 모르겠다. 함부로 보지 않고 내게 달린 두 개의 눈으로 무엇을, 어떻게 바라볼 것인가를 고민해야 할 것 같다.

내 몸이 어때서요

김언희와 한나 윌키

"온몸이 구멍이 되는
 폭발적인 감정을 아시는지"

말라죽은
앵두나무 아래

2000년쯤이었던 것 같다. 대학원에 다니며 입시 학원 아르바이트를 하고 있을 때였다. 반복되는 일의 지루함을 견디기 위해 가방에 책을 몇 권씩 넣어가지고 다녔다. 그중에 하나가 『말라죽은 앵두나무 아래 잠자는 저 여자』였다. 이전 시집 『트렁크』가 좋아서 출간되자마자 구입한 김언희 시인의 두 번째 시집이었다. 동료 강사들이 내 책을 훔쳐보더니 몹시 당황스러워했다. 취향이야 다를 수 있지, 뭐 그럴 것까지야. 나는 그때 내가 시를 공부하는 것이 다행스러운 일이라는 것을 알다. 『말라죽은 앵두나무 아래 잠자는 저 여자』의 언어들이 당황스럽지 않았을 뿐만 아니라, '그런' 시들을 다소 좋아하기까지 했으니 말이다. 물론 재밌거나 웃음이 나는 시들은 아니다. 기괴하고 노골적인 언사는 우리 안에 있는 뭔가를 꽤 난폭하게 건드린다. 정신이 번쩍 들 때도 있고, 마음속 깊이 아플 때도 있다. 안일하게 사는 나 자신의 모습이 한심하게 느껴져 책을 가만히 내려놓을 때도 있다. 최근 현대문학 핀시리즈 시집 『GG』를 읽을 때도 그러했다. 여성으로서 더 많이 공감하는 자리에서 읽게 되었다. 지금까지 줄곧 여성이었는데, 여성으로서 자각이 더 뼈아프게 밀려왔다.

여느 날 여느 때의 아침을, 죽어서 맞는다는 거, 죽은 여자로서 맞는다는 거, 섹스와 끼니에서 해방된 여자로서, 모욕과 배신에서 해방된 여자로서, 지저분한 농담에서 해방된 여자로서 맞는다는 거, 어처구니없는 삶으로부터도, 어처구니없는 죽음으로부터도 해방된 여자로서 맞는다는 거, 오늘 하루를 살아 넘기지 않아도 된다는 거, 사랑하지 않아도 된다는 거, 사랑하기 위하여 이를 갈아 부치지 않아도 된다는 거, 칼을 삼키듯 말을 삼키지 않아도 된다는 거, 여느 날 여느 때의 아침을, 죽은 여자로서 맞는다는 거, 매 순간 머리끝이 쭈뼛하지 않아도 된다는 거, 소스라치고 소스라치고 소스라치지 않아도 된다는 거, (…)

김언희, 「여느 날, 여느 아침을」(부분)[*]

위의 작품은 죽음에 대한 상상으로 쓰인 것이 아니라 여성의 삶의 조건에 대한 인식으로 쓰인 것이다. 삶이 그러하니 죽어야겠다가 아니고, 죽은 여자로서 맞이하는 생생한 삶을 통해 여성의 삶의 조건과 그 비루함이 분출된다. 그래서 어처구니없는 삶의 어처구니없음을 개관할 수 있게 된 "여느 날 여느 아침"에 대한 진술과 가정은 '어처구니없음'에 작은 구멍을 낸다. 그 구멍 때문에 질식하지 않고 숨 쉴 수 있는 삶/시인인 것이다. 최근 한 인터뷰에서 김언희 시인은 이렇게 말한다.

여성의 몸은 모든 차별과 고통과 수모와 치욕의 근원이니, 그 근원으로부터 말이 나와야 되지 않나 생각해요. (…) '지금―여기―이 몸'으로 나는 존재하는데, '지금―여기―이 몸'이 한덩어리로 시시각각 변하는 진행태로 존재하고 있는데, 그리고 그것이 전부인데, 이 몸을 배제한, 공

---

[*] 『GG』(현대문학, 2020), 68쪽

중부양의 문장을 저는 쓸 수가 없어요. 이것은 양심의 문제이기도 하니까요.[*]

몸과 말에 대한 시인의 천착은 글과 삶의 밀착성을 지시하는 것이니 애초에 글쓰기와 실천을 따로 구상할 수 없다는 것을 말해준다. 나 역시 삶의 무연함과 여성의 조건에 대해서, 흰 밥의 열기와 기억의 냉기에 대해서, 바람의 무정형과 폭력성에 대해서 쓴 적이 있다. 그리고 그러한 삶을 받아들이고, 거부하기를 반복하였다. 쓰는 일을 통해 이 세계의 나를 조금 '다르게' 가져갈 수 있다는 믿음을 아직도 버리지 못하고 있다.

영원히 나 혼자만
가지는 구멍

　　　　　　여성으로 사는 특수하고 개인적인 상황과 사회적이고 보편적인(아마도 남성적인)인 조

---

[*]　기혁, 「'지금 여기'에서 김언희를 읽는다는 것」(『모:든시』, 2017. 창간호), 37쪽

건들을 화해롭게 받아들이기란 얼마나 어려운 일인가. 그건 내가 구세대라 더 그런 것 같다.「한 잎의 여자」를 패러디해 쓴 시, 김언희의「한 잎의 구멍 2」와 한나 윌키의 〈껌 붙은 누드〉를 나이 어린 학생들에게 소개한 적이 있다. 나의 조심스러운 접근과 우려와는 달리 학생들의 반응은 매우 좋았다. 자유는 감염력이 높다. 학생들은 유연하고 개방적이었다.

나는 한 구멍을 사랑했네. 물푸레나무 한 잎 같은 쬐그만 구멍, 그 한 잎의 구멍을 사랑했네. 그 구멍의 솜털, 그 구멍의 맑음, 그 구멍의 영혼, 그 구멍의 눈물, 그리고 바람이 불면 보일 듯 보일 듯한 그 구멍의 순결과 자유를 사랑했네.

정말로 나는 한 구멍을 사랑했네, 구멍만을 가진 구멍, 구멍 아닌 것은 아무것도 안 가진 구멍, 구멍 아니면 아무것도 아닌 구멍, 눈물 같은 구멍, 슬픔 같은 구멍, 병신 같은 구멍, 시집 같은 구멍, 그러나 누구나 가질 수는 없는 구멍

영원히 나 혼자만 가지는 구멍, 나밖에 아무도 가질 수
없는 구멍, 물푸레나무 그림자 같은 가혹한 구멍

김언희, 「한 잎의 구멍」[*]

「한 잎의 여자」(오규원)를 패러디해서 쓴 김언희 시에
서 "영원히 나 혼자만 가지는 구멍"이라는 단언은 비애
를 스스로 떠안겠다는 선언처럼 들린다. 타인에게 양도
할 수 없는 불가피성을 지닌다^{**}는 측면에서 그것을 어떻
게 떠안을지, 왜 떠안을지 창조적으로 고안하지 않을 수
없을 것이다. 그냥 자연스럽게 여성임을 받아들이도록
강제해서는 안 될 것이다.

구멍이라니, 이게 무슨 폄하 발언인가 싶겠지만 그렇
지가 않다. 구멍이 반복될수록 이상한 해방감을 느끼게
된다. 왜 그럴까. 내 구멍을 부끄럽게 여기지 않을 수 있
는 것은. 사랑도 학습이라는 생각이 든다. 일찍이 몸(구
멍)을 긍정하도록 배워보지 못했다. 본능적인 부끄러움

---

* 『말라죽은 앵두나무 아래 잠자는 저 여자』(민음사, 2000), 56쪽
** 장철환, 「돔덴의 문장들」, 『돔덴의 시간』(파란, 2017), 667쪽

이야 있겠지만 언제나 여성스러울 것, 보다 여성스러울 것을 암묵적으로 널리 강요당한 것 같다. 꼭 그렇지 않아도 될 것을 다 자란 후에 배움을 통해 알게 되었다. 세상을 꼭 그렇게 살지 않아도 된다는 것 말이다. 스스로 깨닫지 못했던 것이 부끄럽지만 좀 더 많은 자유를 얻기 위해 공부하는 일은 즐거웠다. 그 과정 속에서 만난 미술가들이 니키 드 생팔, 바버라 크루거, 한나 윌키 등이었는데 한나 윌키의 도발적인 퍼포먼스는 김언희 시와 좋은 짝을 이루는 것 같다.

껌 붙은
누드

어린 시절 벽이나 문에 붙은 껌을 보면 고개를 숙이고 웃었다. 보도블록에 붙은 껌딱지와는 비교가 되지 않았다. 어른들이 보면 끔찍해하면서 혀를 끌끌 차니 더 재밌었다. 가끔 의자나 손잡이 등에 붙여 남을 괴롭히는 고약한 애들도 있었으니 그럴 만도 하다. 나는 껌도 칼도 씹지 못하고 얌전히 자란 축에

속한다. 자기 입속에 짝짝 씹던 껌을 보란 듯이 아무데나 붙여놓는 짓궂음을 남몰래 흠모했다. 한나 윌키의 몸에 붙은 껌을 또 좋아하게 될지는 몰랐다.

한나 윌키(Hannah Wilke, 1940~1993)는 미국의 퍼포먼스 아티스트이자 조각가, 사진가로 온몸에 껌이 붙은 누드를 선보이며 센세이션을 불러일으킨 바 있다. 여성의 몸에 대한 사유를 예술 작업의 주요 테마로 삼은 그녀의 대담함 속에는 벗어날 수 없는 운명에 지지 않고 자유를 추구하는 태도를 엿볼 수 있다. 그걸 차가운 감성 혹은 뜨거운 이성이라 할 수 있지 않을까. 자기 온몸에 성기 모양의 껌을 붙인 이 여자를 보고 나는 재밌고 슬펐다. 콜로세움에 껌을 붙인 작품은 통쾌했다.

한편 한나 윌키는 암이 발병하자 투병 과정을 적나라하게 드러내는 사진을 공개하기도 했다. 머리가 빠지고 살이 검어지고 눈이 푹 꺼져 들어가는 자신의 모습에 대한 적나라한 노출이었다. 화끈한 욕은 어떤 희망보다도 인생을 적극적으로 받아들일 수 있게 한다는 사실을 알게 되었다. 추함을 통해 본능적인 부끄러움조차도 인간의 자연스러운 감정임을 인정하는 대담함이 용기라는

HANNAH WILKE

로스앤젤레스에서 열린 한나 윌키 전시회의 도록, 2004

사실을 그녀의 작품을 통해 배울 수 있었다.

남들 같지 않은 그녀는 어쩌면 괴물인지도 모르겠다. 한나 윌키의 노골적인 작품들은 선해 보이거나 아름다워 보이지 않는다. 쾌적하거나 희망적인 기분도 들지 않는다. 그래도 그녀의 기괴함과 추함, 노골적인 대담함 속에 드러나는 현실의 속악함에 나도 함께 맞서고 싶어진다. 세상의 위선에 대한 그녀의 고발에 함께 동참하고 싶은 마음이 생기기에 그 괴물스러움을 인간을 향한 사랑으로, 세상을 향한 연민으로 바꿔 읽을 수 있다. 여성 성기 모양의 껌은 보는 방식에 따라서는 이물감과 혐오가 느껴지지만, 다른 면에서는 아름다움과 의지를 읽을 수 있지 않을까.

당신의 눈은 무엇을 보고 어떻게 느끼는지. 욕망을 채우려는 시선과 몸짓에서 온몸이 구멍이 되는 폭발적인 감정을 아시는지. 김언희는 구멍을 말함으로써, 한나 윌키는 구멍을 보여줌으로써 구멍인 존재의 경고를 단호하고 엄중하게 전한다. 당신이 보는 구멍이 어찌 구멍으로만 존재하겠는가. 구멍은 심연의 말을, 깊은 어둠과 그늘을 토한다. 구멍이 구멍 아님을 증명하는 방식은 삶/죽음의 변증법과 닮아 있어서 도처에 죽음인 삶, 삶이라는 죽음의 은유가 흐른다. 김언희와 한나 윌키의 가혹한 주장을 대면하는 일이 편하지는 않지만 위선과 안락함의 표피를 긁어대는 그녀들이 아니라면 누가 이 거짓 마취된 세상을 일깨우겠는가. 안온한 무덤이 아니라 찢긴

세상에 살기 원하기에 그 목소리들을 참조할 필요가 있
지 않을까.

울어도 괜찮습니다

이주란과 눈물들

> "어떤 애도의 방식은
> 기다림인지도 모르겠다"

가만히 있었다

　　　　　　우리는 은연중에 고통이나 슬
픔을 극복해야 한다고 생각한다. 희망과 낙관의 세계로 자
신을 자꾸 이동시킬 것을 요구받는데 이주란 소설은 그러
지 않아서 좋았다. 마음 놓고 아파도 된다고 다독여주니까
좀 울어도 된다고 생각할 수 있게 되었다. 그렇게 말해주
는 소설이 있어 고마웠다.

　잠을 설치다가 빗소리에 눈을 떴다. 시간이 궁금하지
않아 시계를 보지 않았고 열어둔 창문 같은 게 없어서 자
리에서 일어날 필요도 없었다. 빗소리를 듣고 있자니 마치
일 년 내내 여름인 나라의 해변가에 와 있는 것 같았다. 나
는 어쩐 일인지 눈을 멀뚱멀뚱하게 뜨고 어제 지하철에서
본 여자를 떠올렸다. 탈 때부터 울고 있던 여자는 가는 내
내 내 앞에 서서 소리 죽여 울었다. 그 여자의 눈물 한 방
울이 반바지를 입은 내 무릎에 떨어졌을 때 나는 흠칫 놀

랐으나 티내지 않으려 입을 꾹 다물고 가만히 있었다. 정
말이지 아무것도 할 수가 없었다.

이주란, 「준과 나의 여름」[*]

　이주란의 소설 「준과 나의 여름」은 벌초를 하러 떠난
연인들의 이야기다. 인용 부분은 바로 그 직전 어느 비 오
던 밤의 회상 장면인데 '나'는 자다가 빗소리에 깨서 어제
지하철에서 본 여자를 떠올린다. 앞에 서 있던 여자가 내
내 소리 죽여 울고 있었다. 그 여자의 눈물 한 방울이 내
무릎에 떨어졌을 때도 티내지 않으려 입을 꾹 다물고 가
만히 있었다고 한다. 이 대목이 이주란 소설가가 고통이
나 상처를 다루는 방식이라는 생각이 든다. 왜 우냐고 묻
지 않는 것. 울지 말라고 요구하지 않는 것. 작가가 이런
인물들을 잘 보여줘서 반갑고 고마웠다. 조금 다른 방식
의 위로라고 해야 할 것 같다. 조심스러운 말 건네기가 필
요한 순간이 있을 것이다. 바로 그런 순간들을 『한 사람

* 『한 사람을 위한 마음』(문학동네, 2019), 184쪽

을 위한 마음』이라는 소설집은 잘 보여주고 있다.

조수영은 조지영의 이런 일들로 인한 기분을 몰랐기 때문에 동생이 그저 약간 엉뚱하고 가끔 미련하다고만 생각해왔다. 그래서 이해할 수 없었다. 조지영이 왜 스스로 목숨을 끊었는지를 말이다. 조수영이 볼 때 조지영은 나름 보통의 인간 같았다. 언뜻 보면 그저 평범하다고도 할 수 있는…… 조금 예민하고 조금 나약하지만 현대인들은 다들 그런 면이 있으니까. 조수영은 조지영이 남긴 책들을 전부 버리기로 했다.

조수영은 조지영의 방을 정리하는 것이 무의미하다고 생각했다. 버릴 수도 간직할 수도 없는…… 조수영에게는 더 많은 시간이 필요했다. 아무튼 그건…… 미안해서였다.

이주란, 「사라진 것들 그리고 사라질 것들」[*]

---

* 위 책, 160쪽, 179쪽

「사라진 것들 그리고 사라질 것들」은 언니 조수영이 동생 조지영의 자살 뒤 집에 찾아가 짐을 정리하는 과정을 그리고 있어 읽기에 무척 괴롭다. 언니 조수영은 결국 정리를 마치지 못하고 더 많은 시간이 필요하다는 것을 깨닫는다. 동생을 향한 미안함을 어찌하지 못한 채 눈물을 흘린다. 우리는 괴롭고 힘들어서 자꾸 뭔가를 시도하려고 하는데 때로는 아무것도 하지 않는 자세가 필요한 것 같다. 어떤 애도의 방식은 기다림인지도 모르겠다. 천천히 정리하지 않으면 안 되는 일들이 있다. 이주란 소설 속 주인공들은 상처 받은 마음을 섣부르게 위로하려고 하지 않고, 고통을 적극적으로 넘어서려고도 하지 않는다. 다만 근근이 버티는 모습을 보여준다. 주인공들은 줄곧 운다. 괜찮지 않다고 말한다. 눈물이 흐르면 흐르는 대로 두는 것도 방법이 되지 않을까. 주로 홀로 선 여성들의 눈에서 자주 눈물이 쏟아진다. 전통적인 가족 형태가 해체된 자리에서 여성들이 어떻게 살아가고 연대해야 하는지, 다른 삶의 방식을 찾아가는 과정처럼 여겨지기도 한다.

비정상적인
고통과 주변성

사생활이 전혀 없는 다세대주택의 밤이 깊어간다. 나는 혼자서 시간을 보낼 줄 잘 모른다. 나는 이 년 안에 혼자서 시간을 보내는 법을 터득할 예정이었다. 나는 그런 걸 검색해보지 않고 직접 알아갈 예정이었다. 내게는 더 가난해질 일만 예고되어 있었으므로 가난하지만 좋은 사람이 되고 싶었고 돈 없이 즐거운 시간을 보낼 방법을 골똘히 궁리해보고 싶었다. 그러니까 나는 그 상상 속에 M을 그려넣었던 것인가?

이주란, 「멀리 떨어진 곳의 이야기」[*]

(⋯) 물론 지금도 잠시만 쉬는 셈이지만, 아무튼 일을 한 지 십 년 가까이가 되자 나는 어느새 사무실에 앉아 오더를 내리는 위치에 앉아 있었고 오늘은 별일 없이 하루가

---

[*] 위 책, 113쪽

갔네, 생각하면서도 때때로 불안했는데 그 불안 때문에 그
때 그 선택을 한 거란 생각이 든다. 그저 성실하게 해야 할
일을 했을 뿐인데도 불안한 인간이 되어 있었다.

이주란, 「그냥, 수연」[*]

이주란 소설에서 주인공들이 친구를 대하는 방식이나
데이트를 하는 장면에서 조금 상식적이지 않다는 느낌
을 받았다. 주인공들은 기호나 취향을 분명히 드러내지
않고, 반대 의견을 피력하는 데 애쓰지 않는다. 화가 나
도 그런 자신의 감정을 다른 사람에게 적극적으로 드러
내지 못한다. 확실히 주체적인 모습은 아닌 것처럼 보인
다. 하지만 달리 생각해보면 모든 사람이 자기 의견을 분
명하게 내세울 수 있는 자리에 있지는 않을 것이다. 저마
다 자기 나름의 성장 환경과 교육 배경, 삶의 방식이 있
는데 이를 한 가지 잣대로 재단하기도 어려울 것이다. 얼
핏 수동적으로 보이는 여성들의 내면을 이렇게까지 끈

[*] 위 책, 223~224쪽

질기게 풀어낸 것은 작가의 주된 관심을 드러낸 부분이라는 생각이 든다. 여러 이야기에서 반복되는 '그 사건'은 인정되고 쾌적하게 살지 못하는 여성들을 관통한 것처럼 보인다. 자본주의적 고통은 공평하게 오는 것이 아니라는 생각이 들면서 약자, 소수자 들을 아우르려는 서사적 노력이 아닐까 추측을 해본다.

문득 진 리스가 다락방 속에 갇힌 미친 여자 '버사 메이'(『제인 에어』)를 다시 호출하여 소설 『광막한 사르가소 바다』를 썼던 것이 떠오른다. 진 리스의 최근 단편집에서도 삶의 가장자리에서 살아가는 주변인들이 많이 등장한다. 빈자, 여성, 아이, 혼혈인, 노인 들의 일상과 사건들 속에서 삶의 곤궁함과 비참이 솟아오르는데 작가는 그걸 참 아무렇지도 않게 써 내려간다.

굶주림 (…)

처음 열두 시간 동안은 그냥 너무 놀라울 뿐이다. 돈이 없다…… 먹을 게 없다…… 아무것도! 하지만 그건 웃기는 일이다. 뭐라도 할 수 있을 테니까. 실질적인 상식을 믿으며 여기저기 쏘다닌다. 손에 잡히지 않는 '무엇'을 찾아

헤맨다. 밤이 되면 그동안 먹을 것에 대해 꾸었던 꿈이 길게 늘어선다.

둘째 날에는 심한 두통이 생긴다. 그리고 호전적이 된다. 보이지 않는, 의심 많은 누군가와 하루 종일 말싸움을 한다.

(…)

사흘째에는 속이 메스껍다. 나흘째에는 툭하면 울게 된다…… 안 좋은 습관인데, 한번 붙었다 하면 떨어지질 않는다.

닷새째에는……

초연한 느낌으로 잠에서 깬다. 차분하고 경건하기까지 하다. 종교인들이 단식을 하는 게 바로 이런 상태에 도달하기 위해서이다.

팔을 눈 위에 얹은 채 침대에 누워 지난 2년 동안 부질없이 바동거리며 살았던 것을 경멸한다. 철저히.

진 리스, 「허기」[*]

---

[*] 『진 리스』, 정소영 옮김(현대문학, 2018), 68~71쪽

위의 소설은 굶주림에 대해 날짜를 언급하며 그 변화를 기록하고 있다. 가난과 곤궁을 심정적으로 풀어내는 깃이 아니라 인간의 허기를 감각적으로 기록하고 전하는 이러한 기술 방식이 읽는 이를 더 무참하게 만드는 것 같다. 수전 손택은 자신의 발병 이후 실제로 병든 사람들에 대한 공감 능력이 커졌으며 더 많이 도와주기 위해 애쓰게 되었다고 말한 적이 있다.* 병듦의 문제 이외에도 "좋은 사회의 최우선 요건 중 하나는 사람들에게 주변성을 허락"하는 것이며 "주변인들과 주변적 의식 상태를 허락해야 할 뿐 아니라 비정상적이고 일탈적인 것 역시 포용해야 한다"**고 말한다. 이주란과 진 리스의 소설집을 읽는 내내 이 주변성에 대해 생각해보게 되었다. 비정상적인 고통을 당하는 자들의 삶에 대해서 말이다. 그런 생각을 이끌어주는 소설이 있어 무척 다행이라는 생각.

---

* 수전 손택 · 조너선 콧, 『수전 손택의 말』, 김선형 옮김(마음산책, 2015), 40~41쪽
** 위 책, 60쪽

밤의 이끌림

"아무리 웃어대도
세상은 여전히 끔찍해요"

어둠 속에
누워

　　　　　　　　내일 아침에는 깨어나지 않아
도 좋을 것 같다고 생각하며 밤을 보낸 적이 있다. 그걸
생각이라고 할 수 있었을 때는 비교적 젊고 견딜 만한 때
였던 것 같다. 지금은 죽음에 대한 생각조차 사치스럽다.
종종 이유 없이 잠이 오지 않고 숨을 쉬기 어려운 것은 다
호르몬 탓이라고 여기며 씩씩하고 무의미하게 하루하루
를 지낼 수 있게 되었다. 죽음을 적극적으로 상상했던 시
절을 비웃으면서 말이다. 그런데 젊음이 지나가고 있다는
걸 애써 무심하게 외면하며 버티는 이 태도도 문득 우습
다는 생각이 든다. 나는 늘 당황해서 어쩔 줄 몰라하는 것
인지도 모르겠다. 다 늙은 올리브 키터리지는, 아내를 잃
고 두려움에 빠진 이웃집 남자 잭의 옆에 누워 파도 소리
를 들으며 죽도록 힘들고 외로워도 아직 세상을 등지고

싶지 않다고 생각한다.[*] 남편이 죽고, 아들과 싸우고, 키우던 개가 죽어 올리브는 자신도 그만 자살하려고 했지만 그만두었다. 뒷산에 가서 피크닉 담요를 깔고 총구의 방아쇠를 당기려는 순간 지나가던 동네 아이들이 말을 걸자 올리브는 얼른 총을 숨긴다. 소풍 나온 거냐고 묻는 아이들 때문은 아니다. 우연히 지나가던 애들에게 공포스럽고 흉물스러운 짐짝이 되고 싶지 않은 마음. 정말 어떻게 살아야 할지 모르면서 매일 그럭저럭 살아가는 것은 황폐함보다는 황당함에 가까운 것 같다.

죽은 자의
휴일

얼마 전 월간지에 수록된 진수미 시인의 「죽은 자의 휴일」을 읽고 나서는 숨이 턱 막히고 말았다. 이 언니 왜 이러니, 도대체 어떻게 지내고 있는 거야. 그러니까 진수미 시인과 나는 같은 문학 동인으

---

[*] 엘리자베스 스트라우트, 『올리브 키터리지』, 권상미 옮김(문학동네, 2010), 리사 촐로덴코 감독, 프랜시스 맥도맨드 주연, 드라마 〈올리브 키터리지〉 참조

로 있는 동안(이제는 자연스럽게 해체되었지만) 술자리를 여러 번 함께하며 서로를 염탐한 적이 있다. 어느 여름 합정동 골목길에서 만나 점심을 먹으며 대담을 한 적도 있다.[*] 10여 년 전쯤 일이다. 그녀의 서촌 작업실에 갔다가 빈자리를 채우고 있는 고양이 장식들만 보고 돌아온 적도 있다. 그런데 못 만난 시간이 꽤 길어졌다. 각각 부지런히 나이 들어가는 시기였다고 해야 할까. 나는 그녀가 시를 쓰는 일보다 영화 작업을 하는 일에 더 몰두해 있는 것이 아닐까 막연히 생각해왔다.("어릴 적 꿈이 시인이 아니라 영화감독이었거든요. 그래서 여럿이 모여서 하는 영화판, 연극판 같은 데를 잠시 어정거리기도 했어요.") 그게 아니라면 또래들과는 "다른 고수의 북소리에 귀를 기울이며"(월든의 말처럼 말이다) 씩씩하게 살아갈 것이라고 생각했는데, 시가 무척 어둡게 느껴져 마음이 쿵쾅거렸다.

한 발을 딛고
두 발짝 딛고

[*] 「킥킥 웃어대는 유리창의 실금처럼─진수미 시인 특집 대담」(『현대시』, 2009. 5월호) 이 글에 인용된 진수미 시인의 말은 이 대담에서 가져왔다.

다음 발은 싱크홀

다음 다음 발은 무엇일까

생각하다 잠이 깼다

지금은 밤일까

아침일까

신새벽이라는 말을 좋아했던

누군가가 떠오르고

나는 바닥을 만져본다

팔이 길어져

콘크리트를 뚫고

그리고도 길어져

무언가 만져진다면

죽은 이의 심장이라 부르리

(…)

다정했던 아이

그러나 죄를 짓고

벌 받는 자세에 괴로워하고

딱딱해진 심장을 안고

휴일의 우주로 떠나갔지

너를 떠올리며

다정함을 떠올리면

나도 죄를 짓는 걸까

35층 아파트에 설 때마다

바닥을 내려다본다

여기서 떨어지면

무엇이 먼저 바닥과 만날까

금이 간 액정에서 손을 떼고

심장을 쓰다듬는다

이 다음 발은

싱크홀

진수미, 「죽은 자의 휴일」[*]

　진수미 시인은 세상엔 시 말고도 즐길 만한 것들이 많
다고 생각하는 대담한 여자였다. 뭐랄까 솔직하고, 용감
하고, 대범했다. 그런데 최근 발표한 위의 시를 읽고 그
녀가 아픈 건 아닌지, 힘든 건 아닌지, 어두워져가는 건
아닌지 걱정스러웠다. '다음 발은 싱크홀'이라 말하며
걷는다는 것이 어쩐지 섬뜩하게 느껴졌다. 죽은 이의 심
장을 쓰다듬는 밤과, 현실적 높이에서 살아 있는 자신의
심장을 쓰다듬는 일이 공존하는 세계. 누군가 죽어나갔
고, 죽어가고 있으며, 앞으로도 끊임없이 죽어갈 세상의
바닥에 잠깐 살아 서 있는 것 말이다. 살아 있다는 것은
얼마간 다른 이의 죽음을 기억하는 일이어서 내 심장박
동 속에 그들이 울려 퍼진다. 슬픔의 다른 이름은 책임일
지도 모르겠다. 어쩌면 우리의 하루는 그 책임을 다하는
것인지도 모르겠다. 최선을 다해 슬퍼하되 슬픔에 잠식
되지 않는 것.

*　『현대시』(2020. 5월호), 30~32쪽

진수미 시인은 "시를 쓴다는 건 안 보이는 털실 뭉치를 품고 있는 거 같아요"라고 말한 적이 있다. "뭉치는 실을 헤뜨려놓으면서 짐작할 수 없는 곳으로 굴러가요. 하지만 그걸 좇아 처음의 형상대로 감아보는 일은 언제나 울퉁불퉁한 실패로 끝납니다"라고 말했다. 그녀가 이 시에서 죽은 자의 휴일을 그려내는 일은 자신이 얼마나 강력하게 죽음 쪽으로 이끌리는가를 보여주는 것 같다. 그 죽음은 미학적이거나 상징적이지 않다. 그녀는 산문에서 이렇게 말한 적이 있다. "사랑해서 쓰는 건데, 왜 우리의 사랑은 대상을 점점 망가뜨리는 걸까."* 대상을 망가뜨리지 않으려는 그녀의 노력은 언제나 삶을 간신히 붙들고 있는 것처럼 위태롭게 느껴진다.

대담에서 그녀는 쉼보르스카의 시 구절 "끔찍한 세상일망정 전혀 매력이 없는 것은 아니다./ 아침에 눈을 뜰 만한 가치는 충분하다"를 인용하며 이렇게 말한 적이 있었다. "아무리 웃어대도 세상은 여전히 끔찍해요. 웃는다고 변할 리가 없죠. 하지만 눈짓을 나누고 몸을 흔들며

---

* 진수미, 「크로키, 스케치북보다 큰」, 『서정시학』(2006. 여름호), 368쪽

웃어댈 때 생의 가치와 매력은 무한 증폭되죠." 그녀는
코아아트홀 극장 1열에 드러누워 졸다 깨다 본 영화라며
타르코프스키의 〈희생〉을 얘기한 적이 있었다. 영화 속
안나가 물동이의 물을 쏟아부었는데 그게 포도주로 변
하는 것처럼 보인 순간 잠이 확 깨버렸다고. 그녀는 물과
포도주 사이의 심연을 단번에 가로지르는 환각과 열기
속에서 무엇을 본 것일까. 나는 그녀가 잠/죽음을 깨우
는 이미지들을 끊임없이 찾으며 살고 있는 것이 아닐까
하는 생각이 들었다.

날이 밝으면

다큐멘터리 〈바르다가 사랑한
얼굴들〉(2018)에서 바르다는 미술가 JR과 함께 영화계의 거
장 장 뤽 고다르를 찾아가지만 만나지 못한다. 만나길 거부
하고 문을 걸어 잠근 고독한 창조자이자 철학자 고다르. 낙
담한 바르다는 눈물까지 글썽거린다. 고다르가 좋아하는 빵
브리오슈를 문고리에 걸어두고 바르다와 JR은 호숫가로 향
한다. 그곳에 앉아 추억을 떠올리며 마음을 달래려고 하지

만 잘 안 된다. 옛 친구 고다르를 만나지 못해 마음이 복잡한 바르다를 위로하려고 노력하던 JR은 선글라스를 벗고 바르다를 가만히 바라본다. 바르다는 함께 작업하는 내내 선글라스를 쓰고 있는 JR을 못마땅해하고는 했다. 그러거나 말거나 실내에서도, 밤에도 JR은 항상 선글라스를 쓰고 있었다. 그런데 바르다를 위해 그는 처음이자 마지막으로 단 한 번 선글라스를 벗는다. 바르다의 선의에 대한 응답으로. 내가 고집스럽게 좋아하는 걸 다른 이가 거북스러워할 때 웃으며 한번쯤 양보해보는 것. 그런 여유와 미소 같은 게 있었으면 좋겠다. 어차피 인생은 괴로운 것. 허망한 것. 황폐한 것. 웃지도 않으면 더 그렇게 되니까.

진수미 시인이 밤의 적막과 죽음의 심연에 이끌리더라도 날이 밝으면 또 잠깐 웃을 수 있기를 바라본다. 건강한 모습으로 마음껏 출렁거리기를. "킥킥 웃어대는 유리창의 실금처럼" 말이다.

4

다 같이

잘살면

안 되나요

가난은 공기와
같아서

"이들에게 기생은 선택이 아니라
생존인 것이다"

슬프면서
좋은 것

손은 숨길 수가 없다. 주머니에 넣고 잠깐 가릴 수 있고, 장갑을 낄 수도 있지만 맨손에 드러나는 나이와 건강 상태, 계층과 신분 같은 건 쉽게 가려지지 않는다. 계급을 과시하기 위해 손톱을 자르지 않았던 시대가 있었다고 한다. 노동을 하지 않는 손임을 과시하는 것이 스타일이 된 시대가 건강하다고 할 수 있을지 잘 모르겠다. 종종 네일 아트 속에는 우리가 겪는 심리적 우울과 불균형한 삶 같은 것이 느껴져 불편할 때가 있다.

전철역 근처 '24시간 짜장 짬뽕'이라고 적힌 2층 간판을 올려다보며 소희는 잠시 망설인다. 추우니까 집에 가기 전에 짬뽕 한 그릇을 사 먹고 싶다. 기왕이면 곱빼기로 먹고 싶다. 어느새 소희는 좁은 계단을 올라간다. 계단에서부터 풍겨오던 기름진 중국 음식 냄새가 2층 문을 열고 들어서는 순간 진하게 몰려왔다. (…)

육천원이면 찌개용 돼지고기를 한 근 살 수 있다. 곱빼기도 말고 맵게도 말고 그냥 사천오백원짜리 짬뽕을 먹을까 하다 소희는 자리에서 일어난다.

다음에 올게요.

권여선, 「손톱」[*]

권여선의 「손톱」에서 소희는 네일에 아트를 펼치기는커녕 곪아 터진 손톱조차 치료비 엄두가 나지 않아 방치한다. 이야기 속에서 청년 세대의 가난과 외로움을 목격하게 되는 동안 내내 마음이 괴로웠다. 가난은 소희를 짬뽕 한 그릇 사 먹는 것도 망설여야 하는 매가리 없는 젊은이로 만들었다. 이 매가리 없음에는 해체된 가족과 상실의 경험이 있다. 엄마와 언니가 각각 소희만 남겨놓고 집을 나갔다. 소희에게 빚만 떠넘긴 채 말이다. 소희는

---

* 『아직 멀었다는 말』(2020, 문학동네), 63~64쪽

혼자 옥탑방에 살며 월급을 조금이라도 더 주는 먼 거리의 직장에 출퇴근을 반복한다. 유일한 즐거움은 통근버스에서 쬐는 한 조각 햇볕이다. 소희는 이른 새벽의 차창에 기대어 왠지 모를, "슬프지만 좋은 것들"에 대해 생각한다.

무색무취의, 수동적인 소희가 판매 실적이 1위라는 것은 웃픈 일이다. 가능한 소극적으로 아예 없는 듯이 존재하는 소희. 그런 소희는 일하던 중에 동료 민경 언니가 "엄마와 상의했다"는 말에 깜짝 놀라 손톱을 다친다. 단 한 번도 가족과 무엇을 상의해보지 못한 것이다. 어리광을 부리거나 떼를 써본 적 없는 소희는 육상에 재능이 있었지만 시도조차 못해봤다. 집 나간 언니를 기다리며 빚을 갚기 위해 애쓰는 것이 소희가 할 수 있는 전부다. 소설은 그런 소희에게 연민의 감정을 드러내지 않고 소희의 반복되는 계산을 적어내려 간다.

갚을 것 갚고 낼 것 내고 뺄 것 빼면 소희 손에 남는 돈은 오십만원 정도다. 본희가 들고 튄 대출금 천만원과 지금 사는 옥탑방 보증금으로 대출받은 오백만원, 합계 천오

백만원이 앞으로 소희가 갚아야 할 빚이다. 대출상환금이 매달 사십칠만원 나가고, 옥탑방 월세가 사십만원 나간다. 교통비와 회사 식대를 합치면 이십만원, 통신료와 공과금과 건강보험료 합이 십삼만원. 백칠십만원에서 이걸 다 빼면 딱 오십만원 남는다. 이전 매장에서 백육십만원 받을 때도 매달 이십만원씩 저금했으니까 이번달부터는 삼십만원씩 저금해야 한다. 그러면 이십만원 남는데…… 아니, 소희는 당황해서 눈을 깜박거린다. 겨울이라 난방을 하니까 이만원 더 든다. 그러면 십팔만원 남는다. 십팔만원으로 한 달을 먹고살려면…… 소희는 주먹을 꼭 쥔다.

권여선, 「손톱」[*]

소희는 자신의 계산에 따라 모든 걸 참아가며 생활하는데 손톱 치료비가 너무 많이 든다는 것을 알고 화가 나버린다. 혼자서 원망의 말을 쏟아낸다. 그러다가 핸드폰 매장에서 만난 할머니에게 묘한 동질감과 어렴풋한

[*] 위 책, 61쪽

위안을 느낀다. 말하지 않고도 서로의 상처에 공감하게 되면서 발걸음이 무거워지는 것을 느끼며 매장을 쉬이 떠나지 못한다. "슬프면서 좋은 것", 햇빛과 할머니의 존재는 소희에게 무엇일까. 이 소설은 그래서 무엇을 말하고 싶은 것일까.

수업 시간에 학생들과 이 소설을 읽고 나서 각자의 생활비를 소희의 방식대로 낱낱이 적어보는 시간을 가졌다. 학생들은 처음에는 무척 흥미롭게 생각했지만 발표를 하고 나서는 조금 당황스러워했다. 상호 편차와 의존성 때문이었다. 다들 소희보다는 형편이 나았지만 졸업 이후에 경제적으로 독립할 수 있을지 걱정하는 모습이었다. 쉽게 절망과 희망을 이야기할 수는 없었다. 다만 이제 더 이상 가난은 개인의 몫이 아니라는 것. 비참한 삶의 조건 속에 놓인 존재들로서 우리는 이러한 상황과 조건을 심화하지 않는 방향으로 삶을 이끌어야 할 공동의 책임이 있다고 수업을 정리했다.

가난의
냄새

봉준호 감독의 〈기생충〉(2019)
이 각종 영화제를 휩쓸면서 미디어에 다들 환호작약하
는 얼굴이 비쳤다. 정작 영화가 보여주는 것은 자본주의
사회의 가난과 계층적 불평등이어서 반가워할 수만은
없었다. 영화는 재밌고 놀라웠지만 스크린 위에 한국 사
회의 민낯을 드러낸 것이니 영화가 성공적으로 한국 사
회의 그늘을 보여준 거라고 해야 할까. 가난이 국적 불문
하고 모두가 공감할 수 있는 인간 사회의 문제라는 점에
서 마냥 기쁘기만 한 것은 아니다.

기택의 가족들이 온갖 사기 행각으로 부잣집을 점령
하고 주인집 박사장네가 캠핑 간 사이 술판을 벌이며 웃
고 떠드는 것을 듣고 있자면 참 불편하고 민망하다. 부
자는 착해서 잘 속아 넘어간다는 것. 엄마 충숙의 말처럼
돈은 '다리미'여서 인성조차도 구김살 없이 쫙 펴준다.
폭우로 박사장네 가족이 예고치 않게 돌아오자 기택의
가족들은 들키지 않기 위해 난리가 난다. 박사장과 연교
가 소파 위에서 끌어안고 있는 동안에 기택의 가족은 바

로 소파 밑에 숨어 있는 꼴이다. 가난의 알 수 없는 냄새에 대한 박사장네 부부의 말들을 다 들으면서 말이다. 말로 형언하기 어려운, "왜 그 지하철 타면 나는 바로 그 냄새". 퀴퀴하고 축축한 반지하 냄새에 관한 이 말의 폭력성은 살인 사건의 단초가 된다.

박사장네 지하 벙커에는 집 잃은 신용불량자 근세(전 가정부 문광의 남편)가 몇 년째 숨어 살고 있다는 사실이 드러난다. 기택의 가족과 충숙 부부의 난투와 탈출로 일단락된 듯이 보이지만 죽음의 파티는 끝나지 않는다. 근세는 지하에서 나와 칼을 들고 다송의 생일 파티가 진행되는 마당 한가운데 선다. 근세를 막으려고 하지만 기정이 칼에 맞고 쓰러진다. 다들 혼비백산 도망가고 생일 파티는 아수라장이 된다. 문제는 그 난리 속에 예기치 않은 살인 사건이 또 일어난다는 것이다. 코로 난입하는 냄새(선을 넘는 가난의 냄새)에 찡그린 박사장의 얼굴을 대면하는 순간 기택은 우발적으로 칼을 들어 박사장을 찌른다. 수치심은 적대감보다 힘이 세기 때문이다.

기택은 본능적으로 근세가 숨어 있던 지하로 숨어든다. 이 자리바꿈이야말로 가난이 지속적으로 약자들의 세계에서 떠나지 않고 어두컴컴한 동굴로 존재한다는 것을 말해준다. 이들에게 기생은 선택이 아니라 생존인 것이다. 기우가 돈을 벌어 그 집을 사고 아버지를 구할 것이라는 다짐을 해보지만 그게 실현될 것이라고 관객은 믿기 어렵다. 보여주는 사람도 보는 사람도 이것을 너무 잘 알아서 무척 씁쓸하다.

보통이 아닌
가족

고레에다 히로카즈의 영화를 소개해준 건 어느 학생이었다. 수업 시간에 자본주의 사회의 가난과 가족 해체에 대해서 이야기한 후였는데, 수업이 끝나고 메일이 한 통 왔다. 자신도 고레에다 히로카즈의 영화를 봐서 내 이야기에 공감했다는 것이다. 그때까지 나는 이 감독을 잘 몰라서 영화를 염두에 두고 한 말은 아니었다. 서둘러 학생이 추천해준 영화들을 보기 시작했다. 배움은 이렇게 상호적이어서 나도 고레에다 히로카즈를 좋아하게 되었다.

〈어느 가족〉(2018)은 결혼과 출산이라는 보통의 혈연 관계로 맺어지지 않은 가족들의 모습을 보여준다. 가족의 내력이 밝혀지고 이들이 살아가는 모습이 드러날 때마다 마음속 질문들은 쌓여간다. 이들이 저질렀던 살인(남편의 상습 폭력에 대한 정당방위), 절도(하층민의 생활고), 납치(폭력에 시달리는 방치된 아이를 향한 연민), 시체 유기(함께 살던 독거노인의 시신을 마당에 매장)는 명백한 범죄이지만 괄호 안에 병기한 것처럼 상황을 재고할 수밖에 없는 여지가 충분하다. "우리 가족은 보통이 아니거든"(오사무), "피로 이어지지 않아서 서로 기대하지 않지만"(노부요) 등의 말에 드러나듯이 이들은 핏줄이 아니라 마음으로 깊이 이어져 있고, 그래서 서로 아껴주고 더 잘 보듬어줄 수 있다. 고단한 삶에 '덤'으로 주어진 서로의 존재에 대한 믿음으로 연결되어 있는 것이다.

할머니 하츠에 역시 자신의 연금에 기대어 더부살이하는 이들이 밉지만은 않다. 오히려 적극적으로 보살펴준다. 상식과 규범의 바깥에서 던지는 말들 "도둑질 말고는 가르칠 게 없었습니다", "사랑하면, 때리지 않아", "버린 게 아니라 주워 온 거예요. 낳으면 다 엄마인가요?" 등은 가슴 아프게 다가온다. 문제는 아이들이다. 학교에 가지 않고 도둑질을 배우며 자라는 쇼타와 부모의 왜곡된 사랑으로 피멍 든 유리에게 정상적인 가족의 자리를 어떻게 마련해줄 것인지 이 영화는 묻고 있다.

그런 점에서 〈어느 가족〉에서 가장 인상적이었던 것은 문구점 주인이었다. 그는 쇼타의 도둑질을 얼마간 모른 채 놔두다가 "이거 가져가고 동생한테는 도둑질시키지 마"라고 얘기한다. 영화를 보다가 순간 나는 울컥했다. 어리고 약한 존재들을 향한 나직한 시선과 느긋한 마음속에는 어쩌지 못하는 감동 같은 것이 있다. 서로가 서로를 보호하려는 연민의 감정이 없다면 인간은 정말 아무것도 아닌 것 같다. 노부요가 시체 유기와 유괴에 따른 죄를 뒤집어쓰고 이 가족은 뿔뿔이 흩어지게 되는데, 과연 이들에게 그것이 최선인지는 잘 모르겠다.

오사무와 쇼타는 끝내 아버지와 아들로 자리 잡지 못한다. 쇼타는 이제 학교에 다니며 절도가 아닌 다른 것을 배우며 자라겠지만 오사무나 노부요에게 느꼈던 애정과 끈끈함이 아무 의미가 없지는 않았을 것이다. 코스튬플레이(유사 성매매)를 하며 손님에게 연민의 감정을 느꼈던 아키는 원래 가족이 있지만 돌아갈 것 같지 않다. 어린 유리는 문제 있는 가족에게 돌아갈 수밖에 없지만 유괴당했던 시절이 더 행복했던 것은 아닐까.

할머니의 죽음에서 비롯된 질문들은 영화 속 시바타 가족에게만 해당되는 것은 아니다. 새로운 가족의 형태가 속속 등장하는 우리 시대에는 더욱 그렇다. 자본주의 시스템이 근대 가족제도를 붕괴시키고 있고, 그 속에서 고통받고 있으니 이제 인간들은 새로운 유대 관계를 만들어 가야 할 과제를 떠안고 있다.

당신의 잘못이
아니다

가난은 공기와 같아서 누구나 조금씩 그것을 호흡할 수밖에 없다. 그것이 나의 곤궁함일 때는 피부로 와닿는 물리적 고통을 물리치기 어렵다. 다른 이의 것일 때도 얼마간 이 호흡에 대한 책임과 연대가 필요하다.

켄 로치는 칸영화제 황금종려상 수상 당시 시상식장

에서 "당신의 잘못이 아니다", "아직 희망이 있다"고 말해야 한다고 했다. 그의 영화 〈나, 다니엘 블레이크〉(2016)에서 댄이 상고심을 앞두고 심장마비로 화장실 바닥에 쓰러져 죽은 것은 사회적 타살이었다. "나, 다니엘 블레이크는 개가 아니라 인간이다. 인간적 존중을 요구한다"는 말은 결국 친구 케이티의 목소리로 그의 장례식에서 낭독되었다.

〈미안해요, 리키〉(켄 로치, 2019)에서 앞뒤로 꽉 막혀버린 리키를 보는 일은 미안하다는 말로는 불충분하다. '리키'는 아직 살아서 강도들에게 얻어터진 몸으로 택배 트럭을 몰고 출근을 감행한다. 일을 말리는 가족들을 물리치고 후진하여 달리며 눈물을 철철 흘린다. 갚아야 할 주택 지원금, 소변볼 시간도 없어 음료수 통을 이용해야 하는 택배 일, 문제가 생겨 일하지 못할 때마다 지불해야 하는 거금의 패널티, 문제를 일으키는 사춘기 아이들, 분실된 고가의 물건들과 박살나서 물어줘야 할 기곗값.

리키의 아내 애비는 병원에서 대기 중인 남편더러 배상을 요구하는 택배 회사 관리인에게 내 가족을 건드리지 말라고 절규한다. 터져 나오는 욕설을 참지 못하며 자신이 원래 욕하는 사람은 아니라고 울부짖는다. 늦은 밤 저녁을 먹다가도 독거노인을 보살피기 위해 달려가는 아내 애비의 고단한 하루하루를 지켜보고 있노라면 이제 가난은 더 이상 개인의 문제로 취급해서는 안 된다는 생각이 든다.

공기와 같아서 매 순간 호흡해야 하는 가난에 대해 사회적 책임을 물어야 할 시점인 것 같다. 미래를 함께 살아가야 한다는 점에서 공감을 기반으로 한 분배와 연대는 선택이 아니라 생존의 필수 조건이라는 점을 다 같이 조금씩 배워야 할 때이다. 우리의 선택과 의지에 따라 다른 미래를 만들 수 있다는 가능성이 아직 존재한다는 점에서 자꾸 묻고 답하는 과정을 포기해서는 안 될 것이다.

너무 늦기 전에
우리가 해야 할 것들

도나 해러웨이와 김혜순

"'너'의 고통과 피는
'나'의 것이기도 하여"

땅 아래
숨어 있는 힘

　　　　　　　　생물학자이자 철학자이며 페미니스트인 도나 해러웨이는 인간중심주의 구도를 넘어서기 위해 유인원, 사이보그, 앙코마우스와 같은 혼종적 존재들을 제시한다.[*] 인간/동물, 원시/문명, 인간/기계라는 이분법을 흐리는 존재들의 구상은 애초에 '믹소트리카 파라독사'에 대한 관심에서 비롯되었다고 한다. 흰개미의 장 속에 서식하는 믹소트리카 파라독사는 다섯 종류의 박테리아가 공생하는 생물체로 흰개미가 먹은 나무 조각을 소화시켜 흰개미에게 영양분을 제공하며 살아간다. 독립적인 개체로는 존재하지 못하는 이 생물체로부터 도나 해러웨이는 세계와 존재에 대한 새로운 이해 방식을 모색하고 상호 의존적이며 공존하는 태도

---

[*]　이지언,『도나 해러웨이』(커뮤니케이션북스, 2017)와 김은주,『생각하는 여자는 괴물과 함께 잠을 잔다』(봄알람, 2017) 참조

의 중요성을 부각한다. 즉 개체와 집합의 개념을 흩뜨리는 믹소트리카 파라독사를 통해 구체와 추상, 자연과 문화, 유기체와 기계, 남성과 여성 등 기존의 이분법과 이항 대립의 미로를 통과해 그 경계를 붕괴시키는 사유를 전개해나간다.

이후 그녀는 페미니스트 생태학자인 이블린 허친스의 영향을 받아 과학 분야에서 여성이 배제되고 있음을 자각한다. 도나해러 웨이는 객관적 지식이 유럽 백인 남성의 전유물이라 비판하고 '상황적 지식'이라는 개념을 창안한다. 인식의 객관성은 자기 지식의 부분성을 성찰적으로 비판하는 데서 연원한다고 그녀는 주장한다. '겸손한 목격자'로서 상황적 지식을 구성한다는 것은 기존의 남성 중심의 학문 체계에 대한 저항을 내포한다. 그녀는 젠더 개념 역시 의미화 경험의 역사, 실천, 겹침으로 다뤄야 한다고 주장한다.

도나 해러웨이는 저서 『유인원, 사이보그, 그리고 여자』로 널리 알려졌는데 여기서 그녀는 '사이보그 페미니즘'을 주창한다. 페미니스트들은 인간중심주의를 먼저 무너뜨리고 이 붕괴를 수용해야 한다는 것이다. 즉 그녀는 사이보그를 페미니즘의 중요한 성찰로 가져갈 때 가부장제의 뿌리 깊은 불평등을 무너뜨릴 수 있고, 이질적인 것들의 연결과 접합이라는 자산을 페미니즘이 얻을 수 있다고 말한다.

나는 생명체의 존재 양상을 연구하는 과학자도 아니고 인간의 역사와 윤리를 성찰하는 철학자도 아니고, 성평등을 주장하는 페미니스트도 아니다. 계층적 불평등이 심화된 이 사회에서 자유와 평등의 실현을 꿈꾸는 급진적 혁명가도 아니다. 다만 글쓰기가 경계를 넘어서고, 구멍을 만들고, 틈을 벌리는 데 효과적으로 기여할 수 있다고 믿는 편인데 도나 해러웨이의 사유와 활동은 깊은 울림을 주었고 되새겨볼 만한 가치가 있었다. 허무맹랑하고 사기성이 짙은 정치 언어와는 결이 달랐다.

인간의 활동이 화석연료와 화학비료, 인공 합성물을 사용하여 지구환경에 멸종과 오염을 초래한 책임이 있다는 의미에서 네덜란드 화학자 파울 크뤼천이 '인류세'라는 용어를 사용한 것은 2000년경이었다. 이후 다양한 분야에서 여러 전문가들이 인간세계와 지구에 대한 진단을 제시하였다. 환경사학자인 제이슨 무어 같은 사람은 식민주의 생산 체제, 글로벌 자본주의가 확산되는 과정에서 지구 생태계가 받은 영향에 주목하여 '자본세'라는 말로 대응한다. 그들은 아마존 유역의 토착민이 선진국의 시민과 같은 방식으로 이 지구에서 살고 있지 않다는 점을 이야기한다. 한편 도나 해러웨이는 이들 용어를 비판적으로 검토하며 대안적 용어로 '툴루세'라는 용어를 창안하였다. 땅 아래 숨어 있는 힘, 즉 지구 차원의 촉수 권력들이 모여 재구성하는 시공간성에 주목한 것으로 거기에 얽혀 있는 인간 이상의 것, 인간 아닌 것, 비인간적인 것, 부식토로서의 인간 등을 포함한 용어이다. 그녀는 피난처를 재구축하고, 전면적인 회복과 재구성을 가능하게 하는 힘들에 합류하는 것이 인간이 현재 기울일 수 있는 가능한 노력이라고 말한다.*

　코로나 바이러스의 급속한 전파로 팬데믹 사태가 벌어졌다. 인도와 중국 등의 생산 라인이 멈추자 지구의 대기 상태가 달라지고, 인간의 활동 반경이 줄어들자 멸종

---

* 도나 해러웨이, 「인류세, 자본세, 대농장세, 툴루세: 친족 만들기」, 김상민 옮김 (『문화과학』, 2019. 봄호), 168쪽. 나희덕, 「'자본세'에 시인들의 몸은 어떻게 저항하는가」(『창작과 비평』, 2020. 봄호), 87쪽 재인용

위기 야생동물들의 출현이 활발해졌다는 뉴스를 심심치 않게 들을 수 있다. 소비 시장의 위축과 실업률 증가와 같은 경제적 난관만큼이나 기후 환경 변화로 인한 재해와 각종 재난의 위험성이 다른 어느 때보다 피부에 가까이 와닿는 상황에 처해 있다. 인간이라는 가장 지적인 존재들이 효과적으로 파괴하고 있는 것이 지구이고, 생태계 안쪽에서 순응하며 사는 인간들은 질병과 가난, 오염과 전쟁으로 고통받고 있으니, 인간은 서둘러 사이보그가 되는 것이 낫지 않을까.

시인의
밤

사이보그 직전의 인간들에게 아직 반성적, 비판적 자아가 남아 있어 고통의 언어들이 새겨진다. 밤마다 울음소리가 가득하고, 피가 뚝뚝 떨어진다. 돼지가 나무에 주렁주렁 열리는 밤이란 무엇인가, 어째서 울음소리는 그치지 않는가.

무덤 속에서 운다

네 발도 아니고 두 발로 서서 운다

머리에 흙을 쓰고 운다

내가 못 견디는 건 아픈 게 아니에요!

부끄러운 거예요!

무덤 속에서 복부에 육수 찬다 가스도 찬다

무덤 속에서 배가 터진다

무덤 속에서 추한 찌개처럼 끓는다

핏물이 무덤 밖으로 흐른다

비오는 밤 비린 돼지 도깨비불이 번쩍번쩍한다

터진 창자가 무덤을 뚫고 봉분 위로 솟구친다

부활이다! 창자는 살아 있다! 뱀처럼 살아 있다!

피어라 돼지!

날아라 돼지!

멧돼지가 와서 뜯어 먹는다

독수리 떼가 와서 뜯어 먹는다

파란 하늘에서 내장들이 흘러내리는 밤!

머리 살린 돼지들이 번개치는 밤!

죽어도 죽어도 돼지가 버려지지 않는 무서운 밤!

천지에 돼지 울음소리 가득한 밤!

내가 돼지! 돼지! 울부짖는 밤!

돼지나무에 돼지들이 주렁주렁 열리는 밤

김혜순, 「피어라 돼지」(부분)[*]

김혜순 시인은 구제역 파동으로 축산 농가들이 절망에
빠져 있던 2010년 어느 날 경기도 땅 어느 곳을 여행하다
가 수만 마리 돼지가 한꺼번에 땅에 묻히는 것을 보았다
고 한다. 마음에 충격이 커서 며칠간 잠을 이루지도 밥을
먹지도 못했지만 그 상처로 시를 쓸 수 있게 된 것은 수
년이 지나서였다고 한다.[**] 경계를 넘나드는 진술이 작동

[*] 『피어라 돼지』(문학과지성사, 2016), 47~48쪽
[**] 황현산, 「거꾸로 선 화엄세계」, 〈중앙일보〉, 2017. 1. 7.

하고 있는 것은 상처와 고통 때문이다. 산 채로 구덩이 속에 처박히는 돼지를 보며, 그런 방식으로 인간 사회가 굴러가서는 안 된다는 뼈아픈 자각은 돼지를 동물이 아니라 식물로, 들짐승이 아닌 날짐승인 것처럼 그려내는 동력이 된다. 남들의 시선을 의식해서 느끼는 부끄러움은 수치심에 가깝지만 자기 스스로 느끼는 부끄러움은 죄의식에 가까운지도 모르겠다. 부끄러움과 죄의식이야말로 인간이 지니는 고유한 감정으로, 이것을 느끼고 처리하는 과정이야말로 좀 더 나은 사회로 갈 수 있는 계기가 아닐까. 그런 감정들은 인간이 아닌 존재에게도 동등한 지위를 부여할 때 생길 것이다. 상처와 고통은 상하 관계에서 오는 것이 아니라 평등한 관계로부터 온다. 수직적 권력이 아니라 수평적 감각으로 경계를 넘나드는 방식이라 할 수 있다. 그러니까 '나'는 '너'와 함께 존재하며 '너'의 고통과 피는 '나'의 것이기도 하여, '우리'의 목소리는 겹치게 된다. 기울기와 스며듦을 통해 목소리를 생산하고 인칭의 한계를 넘어서는 일이야말로 시의 위의와 가치 중에 하나일 것이다.

애석하게도 도나 해러웨이가 '아웃사이더', 경계에 선

존재들을 이야기할 때 실례로 든 것이 바로 한국의 산업화 시기 공장에서 일하던 여성들이었다. 상업고등학교에서 모집된 한국의 젊은 여성들은 주로 전자 부품 공장에 고용되었고 집적회로를 위해 교육받았다. 문해 능력과 어느 정도의 외국어 교육을 받은 여성 노동자들은 다국적기업의 입장에서는 매우 유용한 인력이었다.[*] 산업화 시대 저임금 노동자로 고용된 여성들에 관한 통찰이고, 오늘날 한국 사회 여성에게는 더 많은 배움의 기회, 사회 진출의 기회가 열렸지만 아직도 여성의 월급은 동등한 조건의 남성보다 적으며, 요직에 진출한 여성의 비율은 현저히 낮다. 여성은 더 많이 아프거나, 아파도 숨죽이거나, 아파서 죽어간다. 여전히 여성은 더 많은 눈물의 생산자로서 살아간다. 날개 달린 죽음에 더 가까이 존재한다. 약자로서 여성에게는 종종 애도의 권리조차 주어지지 않는 것처럼 보인다.

　　사실은 겨드랑이가 푸드덕거려 걷습니다

* 이지언, 위 책, 11쪽 참조

커다란 날개가 부끄러워 걷습니다
세 든 집이 몸보다 작아서 걷습니다

비가 오면 내 젖은 두 손이 무한대 무한대

죽으려고 몸을 숨기러 가던 저 새가
나를 돌아보던 순간
여기는 서울인데
여기는 숨을 곳이 없는데

제발 나를 떠밀어주세요

쓸쓸한 눈빛처럼
공중을 헤매는 새에게
안전은 보장할 수 없다고
들어오면 때리겠다고
제발 떠벌리지 마세요

저 새는 땅에서 내동댕이쳐져

공중에 있답니다

사실 이 소리는 빗소리가 아닙니다

내 하이힐이 아스팔트를 두드리는 소리입니다

김혜순, 「날개 환상통」 일부*

밤의 도시를 걷는 일은 여성이 자신의 존재를 새처럼 느끼게 하는 것 같다. 우는 새이고, 더러운 새이다. 복부에 창이 박힌 새이다. 새는 '나'이기도 하고, '나'를 바라보는 것 같기도 한데 이 분리와 이탈은 임박한 죽음을 예고한다. 새는 화장실에 숨어들고, 수도꼭지에서 흐르는 물소리가 '나'를 위로한다.

시인이 시집『날개 환상통』에서 줄곧 사용하는 '새하다'는 조어는 좀처럼 파악이 되지 않는다. 뜬금없고 불손하게 느껴지고, 그래서 이상한 해방감을 준다. 나는 내 인생에도 비슷한 느낌을 갖고 있다. 평범한 안온함 속에서 불쾌하고 억울한 느낌이 고개를 쳐든다. 거부하고 싶

* 『날개 환상통』(문학과지성사, 2019), 22~24쪽

지만 받아들이고, 수용하고 나서도 미움과 원망을 지우지 못한다. 착란과 환상 속에서 발을 떼는 기분. 그건 하이힐이 아스팔트를 두드리는 소리를 빗소리로 느끼는 감각과 기묘하게 닮아 있다. 가짜 빗소리가 이 세계를 몽땅 지웠으면 하지만 이 세계는 그리 쉽게 허물어지지 않으니 고통은 계속될 것이며, 사건은 번복될 것이다.

근래의 나는 논리적인 사유의 언어가 뻑뻑하게 느껴지고, 인식과 상상의 도구로서의 언어에도 다소 질린 기분이 든다. 말놀이와 언어유희도 공허하게 느껴진다. 혁명과 저항의 도구로서 언어가 가졌던 생경함을 모르는 것은 아니지만 동시대 인간의 삶과 호흡하는 실질적인 언어에 대한 갈망이나 바람이 점점 더 강해진다. 그래서일까. 다른 목소리를 참조하며 이질적인 것과 접합으로서의 사랑을 꿈꾼다. 시 속에 갇히지 않고, 시 아닌 것에 적대감을 드러내지 않고, 시 바깥의 것에 눈을 돌려본다. 그러니까 시가 갖는 '경계 탐색의 언어'로서의 가능성을 시와 시 아닌 것과의 습합에 두고 생각해본다. 시가 시를 낳는 자기 복제로 장르를 추동하지 않고, 다른 세계를 꿈꾸는 미지의 언어가 되기를 바란다. 시적인 것을 지향하는 스타일의 복사는 너무 지루하다. 시적인 것의 범주와 테두리는 허상에 불과하다. 시의 형식과 내용은 정해져 있지 않으며, 언제라도 움직이는 장르이다. 아슬아슬하게 간신히 시적인 것에 나는 더 끌린다. 그런 언어들은 위계와 권력에 무관심하다. 코가 발달한 언어가 아니라 귀가 발달한 말이라 해야 할까. 중심을 향한 지향과 상하복종의 위계를 거부하는 일은 타자의 목소리를 들을 줄 아는 능력일 것이다. 교감과 배려, 연민과 사랑은 우리가 언어를 다루는 궁극의 이유일 테니까 말이다. 실체와 허상 사이에 인간의 삶은 늘 애매하게 걸려 있는 것 같다. 그것을 부인하지 않는 시를 읽고 쓰고 싶다.

그를 사랑하는
나도 괴물인가요

「모조 지구 혁명기」와
〈세이프 오브 워터〉

"물이 지니는 개방성이야말로
사랑의 본질이 아닐까"

마스크를 쓴
봄의 언어

마스크를 쓴 봄이 왔다. 새장에 갇힌 새처럼 밖을 내다본다. 어느 아침 아이들은 창밖을 보며 와, 나비다. 나비가 날아다녀요, 그런다. 10층 높이에 나비가? 설마. 흩날리는 벚꽃 잎이다. 그런데 정말 나비처럼 보인다. 제법 환상적이다. 애야, 그건 꽃잎이란다. 아니야, 나비야. 정말 나비. 이 삶이 갑자기 비현실적으로 다가온다. 뿌옇게 흐린 봄의 대기로 폴폴 날아다니는 저건 아이에게 나비로 기억될 것인데, 더 이상 꽃잎이라고 바로잡지 않았다. 마스크를 쓴 봄조차 실감이 나지 않는 판에 누가 누구를 가르치고, 바로잡을 것인가 말이다.

천사가 내게 주는
안도감

폭력과 혐오, 재난과 오염으로 범벅된 지구에서 삶은 어떤 형태로, 얼마나 지속될까. 우리 인간은 어떤 미래를 살게 될까. 정세랑의 「모조 지구 혁명기」에서는 미래 사회에 지구가 관광지로서 적당하지 않아 지구 바깥에 지구를 본뜬 형태로 모조 지구를 만들어낸다.[*] 끔찍한 재현에 불과하지만 외계에 강제 파견된 지구인으로서 '나'는 인공 생명체 '천사'(날개가 달렸다), '고양이 인간'(점프능력을 가졌다)과 함께 그곳에 거주하게 된다. 천사의 등에 날개가 솟아 고통이 가중되자, '나'는 고양이인간과 모의하여 '나팔꽃 언니'의 도움으로 고용주이자 모조 지구의 '디자이너'를 찾아가 죽이게 된다.

인간인 '나'가 번식을 안 하는 존재 '천사'에게 사랑을 느꼈던 건 다정한 속삭임과 말 걸기 때문이었다. '나'는 인간이고, '천사'는 인공적으로 디자인된 존재로서 날개가 세 개째 솟아오르는 중이다. 그런 '나'와 '천사' 사이

[*] 『목소리를 드릴게요』(아작, 2020), 99~100쪽 참조

의 사랑의 형태를 받아들일 수 있는가. 같은 종끼리의 사랑에도 계급, 인종, 종교, 민족, 성적 취향의 갈등으로 차별하고 혐오감을 드러내는 것이 인간이란 존재이다. 어쩌면 미래 사회 우리에게 사랑은 인간 종이 아닌 존재와의 관계를 포함한 것이 아닐까.

「모조 지구 혁명기」에서 '나'는 '천사'가 더 이상 고통스럽지 않도록 디자이너에게 날개를 제거해달라고 요구한다. 디자이너는 자신을 '아트 디렉터'로 명명하며, 모든 것이 가짜인 모조 세계에서 지구의 동물들을 납치해 광기 어린 실험을 하고 있었고, 실험실에는 아이처럼 보이는 존재도 있었다. 위기에 처한 순간 천사는 세 번째 날개로 자신을 창조한 디자이너를 찔러 죽인다. 그래서 인간 '나'는 어떻게 되었는가.

'나'는 지구로 돌아가지 않는다. 천사가 있는 모조 지구를 떠날 생각이 없다. 오히려 모조 지구를 관광지로 부활시키는 데 열심이다. 모조 지구는 다행스럽게도 혁명의 공간으로 거듭난다. 관광지로 부흥하여 관광객들이 다시 찾아오기 시작하고, 나와 천사, 고양이 인간과 나팔꽃 언니가 만들어낸 혁명의 서사를 인간들은 적극적으로 소비하기 시작한다. '나'는 인간이 아닌 천사와의 삶을 선택한 것이다. 번식하지 않는 존재와 함께 말이다. 그러니까 종의 보존과 개체 증식의 욕망 너머에 보다 근원적인 안도감의 지향, 그게 인간이 느끼는 사랑의 모호한 감정 중 하나일 것이다. 온 우주를 얻는다 해도 포기하지 못할 대상의 발견 같은 것을 꿈꾼다면 앞으로 우리는 자신이 원하는 삶의 형태와 실천할 수 있는 사랑의 방식을 좀 더 다양하게 구상해야 하지 않을까.

물은 거부하지 않아요

영화 〈셰이프 오브 워터—사랑의 모양〉(기예르모 델 토로, 2017)은 항공우주센터에서 청소부로 일하는 엘라이자의 혁명적 사랑 이야기다. 실험실에 잡혀 와 죽을 위기에 처한 아마존의 기이한 생명체에 대해 엘라이자가 이웃에 사는 자일스에게 설명하는 언어는 무척 인상적이다. 인간과 인간이 아닌 존재라는 경계를 두고 엘라이자는 망설이지 않는다. 그녀의 선택은 단호하다.

날 바라보는데, 내가 어디가 모자란지 어떻게 불완전한지 모르는 눈빛이에요. (…) 그를 사랑하는 나도 괴물인가요. (그가 죽어가는데) 우리가 아무것도 안 하면 우리도 인간이 아니에요.

엘라이자의 말, 〈셰이프 오브 워터〉

엘라이자는 그를 탈출시킬 계획을 세우고, 이웃에 사는 자일스와 동료 젤라, 연구원 디미트리의 도움으로 연구소를 나와 집 욕조에 물을 채워 그를 숨긴다. 그리고 운하가 열리는 날 강물 속으로 그를 떠나보내기로 한다. 보안 책임자 스트릭랜드의 추격과 총격으로 이 생물체는 부상을 입은 듯하지만 그에게는 자연적 복원력이 있으며, 엘라이자 목의 상처 또한 아가미로 바꾸어 물속에서도 숨을 쉴 수 있게 해준다. 그녀는 인간 아닌 존재를 사랑함으로써 물속에서도 살아갈 수 있는 존재로 거듭나는 것처럼 보인다.

이 영화의 원제를 그대로 해석하자면 '물의 모양'인데

비정형의 물이 지니는 형태적 개방성이야말로 우리가 꿈꾸는 사랑의 본질이 아닐까. 물속에서 인간에게는 더 많은 제약과 구속이 있지만, 또 무척 안락하고 자유롭기도 하다. 이런 이중성은 사랑의 본질이라고 해야 할지도 모르겠다.

그런데 소설 「모조 지구 혁명기」에서 '나'는 지구에서 일자리를 잃은 무능한 인간이고, 영화 〈셰이프 오브 워터〉 주인공들도 흑인 여성, 청소부, 동성애자로 사회적 약자이다. 반면에 능력 있는 존재 '디자이너'는 범죄 전력이 있으며 생명을 존중하지 않는 냉혈한이다. 영화 속에서 능력이 넘치는 보안 책임자 '스트릭랜드' 역시 폭력적인 차별주의자로 무척 잔인하다. 지구인으로서 '나'의 무능함을 탓하는 디자이너의 말이나 신의 존재를 언급하면서 '나'의 유능함을 뽐내며 거들먹거리는 스트릭랜드의 말은 익숙한 문법 형태를 갖고 있다. 이런 말들은 상대를 깔아뭉개고 얕잡아 보는 차별주의자의 입을 통해 자주 흘러나온다.

디자이너와 스트릭랜드는 자본주의 사회가 만들어낸 욕망의 덩어리다. 그들의 능력은 다른 인간을 억압하고 조종하는 방식으로만 존재감을 느끼는 사이코들에게 발견되는 것이다. 반대로 무능함과 열등함은 선택의 기회이자, 변환 가능성처럼 보인다. 가장 낮은 자리에서 혁명은 일어나는 법이니까 말이다. 인간이 자기가 가진 힘을 확장하거나 더 많이 갖기 위해 다른 인간을 억압하지 않는 사회를 꿈꾼다. 다른 종과 더불어 평화롭게 존재하기 위해 애쓰는 것, 존중하고 배려하는 방식으로 미래 사회가 열렸으면 좋겠다. 우리 삶에서 버려지고, 조각나고, 파편화되고, 찢긴 존재들을 보듬고 아우르기 위한 의식적인 노력이 필요하다. 차별적이고 편협하고 억압적인 태도를 바꾸기 위해서 말이다. 경계를 넘나드는 작품들을 통해 내가 배운 것은 인간이 숲을 파괴하고, 다른 인종을 억압하고, 야생동물을 위협하고, 살육 전쟁을 일삼지 않고도 배움과 실천을 통해 더 나은 삶이 가능하다는 것이다. 상상력은 힘이 세다. 그것을 내 것으로 삼을 때 말이다.

마음은
어디에 있는가

> "무의미함을 짊어지는 그의 방식이
> 절실하고 대담하게 느껴졌다"

세계는 잡음으로
가득했다

소설 「d」는 연인의 죽음 후에 d가 겪게 되는 상실을 다룬 작품이다.[*] d는 인간의 마음이 턱에 있다고 생각한다. 바깥으로 나가지 않고 방에 틀어박혀 하루 종일 입을 꾹 다물고 있으면 턱이 아파왔기 때문이다. 밤이 깊어질수록 더 그랬다. 오랜만에 찾아간 아버지가 사랑하는 사람은 왜 함께 오지 않았느냐고 묻는다. 연인 dd가 없는 세계에서 d는 그 질문 때문에 자기 마음의 처소와 방향을 알게 된다. 불편하게 구겨지는 얼굴은 웃는 얼굴과 같은 근육을 쓰고 있지만 분명 다르다. 존재와 부재 사이 그의 얼굴은 어떤 표정을 지어야 할지 몰라 헤맨다. 아니 어떤 표정도 지을 수 없는 난처함 때문인지도 모르겠다. 방향을 잃었기 때문에 반대쪽이라는 것이 없고,

---

[*] 황정은, 「d」, 『디디의 우산』(창비, 2019), 7~145쪽 참조

그래서 설 자리를 찾을 수가 없다. d는 묻는다. 인간은 그렇게 쉽게 사라지기도 하는데, 아무것도 달라지지 않는데 그런 하찮음을 웃어야 하나, 울어야 하나.

d가 죽지 않고 자신의 방 밖으로 나와 세상의 황폐함 위에 그나마 서 있게 된 것은 여소녀와 박조배, 두 사람과의 만남을 통해 자기 자신을 대면할 수 있었기 때문이다. 그는 음향 기기를 수리하며 살아왔던 노장(老丈) 여소녀를 통해 진공관 램프의 온도를 알게 된다. 이 의외의 감각이 d를 깨운다. 혁명을 이야기하는 친구 박조배와 세종로 사거리에 가게 되는데, 거기서 세월호 사건으로 가족을 잃은 사람들이 모인 광장의 열기를 통해 자신의 고통을 마주할 수 있게 된다. 개인적이고 개별적인 고통과 시대와 역사의 부침이 한 개인 안에서 어떻게 마주볼 수 있는지에 대한 고민이 이 작품에는 녹아 있는 것 같다. d의 고통(물론 여기는 동성애에 따른 편견과 억압이 가중된다)과 여소녀가 겪었던 시대의 부침(근현대를 통과해가면서 겪게 되는 사회의 격변과 개인의 부침), 새로운 시대를 위해 투쟁하고 혁명의 의지를 불태우는 박조배의 좌절은 서로 한자리에 모인다. 무엇이 무엇을 사소하다 폄하하지

않고, 누가 누구를 거느리지 않으며, 어떤 것이 어떤 것보다 더 중요하다고 억누르지 않는다. d는 문을 열고 나와 드디어 잡음으로 가득한 세계와 마주할 수 있게 된다.

모든 개인의 목소리(잡음)가 모두 공평하게 취급될 수 있는 사회로 가야 하기에 우리 각자는 자신의 아픈 마음이 어디에 있는지 알아야 하는 것 아닐까. 누군가는 턱에 있을 것이고, 누군가는 어깨에, 입술에, 손가락에 있을 것이다. 우리 인간의 나약함과 하찮음을 인정하고 저항하는 자리에서 잡음에 시달리지 않고 마음에 귀 기울이는 일은 그래서 소중한 것 같다. 넓고 고요한 세종로 광장의 어둠 속에 흐르는 빛과 신호를 감지한 후 d는 다름에 대한 이해를 통해 자기 자신의 고통을 인정할 수 있게 된다.

황정은 소설가는 이 소설이 '환멸에 관한 이야기'라고 했다.* 그건 바로 이 이야기가 삶의 궁극에 무엇이 있는지를, 그리고 그것이 다 같진 않지만 몹시 괴롭다는 것을, 그 괴로움을 서로 알아차릴 수 있다는 사실을 적시

* 황정은·정용준, 「낙담하는 인간 분투하는 작가」, 〈악스트〉(2017. 9~10월호) 참조

하고 있다는 말이다. 무지와 은폐의 환상을 까발리는 것이 바로 소설의 힘인 것 같다. 내게 황정은은 동시대, 동세대의 자부심을 느끼게 해주는 소중한 작가이다.

당신이 사라진
자리

펠릭스 곤잘레스 토레스(Félix Gonzàlez-Torres, 1957~1996)는 쿠바 출신의 개념 미술가이다. 그는 동성 연인 로스를 에이즈로 잃고 그를 추모하기 위해 전시회를 연다. 연인의 몸무게만큼 사탕 더미를 쌓아놓고 관람객들이 사탕을 집어갈 수 있게 하였다((무제), 1991). 사탕이 줄어드는 것을 지켜보는 동안 그의 상실감도 조금 옅어졌을까. 나란히 걸린 두 개의 동그란 벽시계도 주목을 끌었다. 같은 시각을 가리키던 시곗바늘이 점차 다른 시각을 가리키게 되는 과정을 보여준다. 사라진 신체를 달콤한 사탕으로 대체하는 것, 그리고 어긋난 시간을 통해 삶의 좌절과 비애, 허무와 고통을 가시화하는 그의 퍼포먼스는 삶과 죽음에 대한 겸손하면서도 적극적인 수용이어서 무척 인상 깊었다.

황정은의 「d」에서 d가 마음은 어디에 있는가 묻고, 턱에 있다고 답하며 연인을 잃은 상실감과 고통으로 입을 꽉 다물고 있는 자신을 발견했다면, 펠릭스 곤잘레스 토레스는 설치미술을 통해 연인의 사라진 몸이 어디에 있는가, 무엇인가를 질문하였다. 그 허망한 질문에 대한 답의 자리에 알록달록한 셀로판지로 싼 사탕을 쌓아놓는 것. 질문이 겨냥하듯 우리 삶의 무의미함을 짊어지는 그의 방식이 절실하고 대담하게 느껴졌다.

그가 보여주는 어긋난 시곗바늘을 통해 우리 모두가 결국 다른 시간을 힘겹게 짊어지고 각자 걸어가야 한다는 것을, 그리고 그것을 수용해야 한다는 것을 받아들일 수 있게 된다. 전쟁에서 살아남은 사람들이 하나둘씩 만나 새로운 가족을 이루듯이(바오닌, 『전쟁의 슬픔』) 인간의 삶은 연민과 사랑이 아니면 불가능해 보인다.

우리의 뒷모습

> "도저히 어울리지 않는 것들이 난데없이
> 출현하는 것이 우리의 삶이다"

아케이드를 걸었지 허락도 없이

전단지를 밟았다

비닐우산이 일제히 펼쳐지는 소리를 들었다

영원한 충격에 사로잡힌 얼굴을 보았다

아케이드를 걸었다

누구나 나를 앞질러 갔다

시간이 흐르고 있었다

신해욱 시인의 네 번째 시집 『무족영원』을 받아들었다. 아껴가며 읽었다. 굉장히 급진적이고 과격한 목소리였다. 미학적 아방가르드를 보여주는 매력적인 시집이라고 해야 할 것 같다. 주변적인 것들, 경계에 서 있는 것들에 천착하면서도 관념과 의미를 배제하고 그것을 감각적으로 다루는 데 공들인 것 같다. 상투성을 격파하고 아름다운 무질서를 세우는 언어의 운용이라 해야 할까. 단춧구멍이나 가방 속의 구슬 같은 아주 사소한 물건들을 대담하게 다루면서 의미와 공감대를 만들어내고 있었다. 아케이드, 햄릿상자, 마술피리, 키르케, 클론, 옥텟 같은 것들을 들여와서도 일상적이고 구체적인 감각을 분명하게 거느리고 있었다. 결국 무엇을 쓰느냐가 아니라 어떻게 쓰느냐의 문제인데, 묘한 불균형과 부조화를 자신의 개성으로 삼는 탁월함이 있었다.

* 『무족영원』(문학과지성사, 2019), 10쪽

이쪽을 매정히 등지고

검은 머리가 천변에 쪼그려 앉아 있습니다

산발입니다

죽은 생각을 물에 개어

경단을 빚고 있는 것처럼 보입니다

동그랗고

작고

가차 없는 것들

차갑고

말랑말랑하고

당돌한 것들

나는 기다리고 있습니다

신해욱, 「천변에서」(부분)[*]

이 시에서 '나'는 천변에 쪼그려 앉아 있는 사람의 등을 바라보고 있다. 강물을 하염없이 바라보는 사람은 내가 잘 모르는 사람이겠지만 그의 슬픔을 아주 이해 못할 것은 아닌 것 같다. 그러나 그와 나 사이에는 건너갈 수 없는 간극이 있다. 강물의 이편과 저편처럼, 또 그의 뒷모습과 나의 앞모습처럼 말이다. 나의 기다림은 완성되지 않을 것이지만 불가능한 주문을 외우며 "알록달록한 고물이 담긴 쟁반을 받쳐 들고" 기다림의 자세를 유지하는 것은 슬픔에 스며들기 위한 노력처럼 보인다. '떡(경단)'은 기원의 산물이며 공감을 향한 바람처럼 보인다.

'나'는 그저 기다림만으로 완성되지 않을 것을 알아 산발한 검은 머리를 땋아주어야 하지 않을까 생각해본다. 그러나 그렇게 되기까지 헤아릴 수 없이 긴 시간이 필요한 것 같다고 말한다. 그걸 불가능한 시간이라 말하지 않고, 가능한 시간으로 되돌리기 위해 삼손, 백발 마

---

* 위 책, 26~27쪽

녀와 라푼젤이 호명된다. 매우 엉뚱한 발상이라 해야 할
까. 능청을 떨 수 없는 상황에서도 천역덕스럽게 굴고,
끝까지 생각의 끈을 놓지 않는다. 도저한 허무와 고통에
한 발을 담그고서 다른 발로는 개구지게 구니까 좀 슬프
기도 하다.

그런데 "나눠 먹읍시다"라고 되뇌며 "이렇게 기다리
는 수밖에 없습니다"라고 기다림의 자세를 가다듬는다.
여기에는 인간 종이 만들어낸 슬픔과 고통에도 불구하
고 믿음을 버리지 못하는 자세가 포함되어 있다. 그러니
까 시인은 독특하고 유머러스한 한국어의 활용에만 안
주하는 것이 아니라, 동시대 사회와 문화에 주석을 붙이
는 일에도 큰 관심이 있어 보인다. '나는 이렇게 존재한
다'의 측면도 개성적으로 발견되지만, 좀 더 내밀한 의
도는 '우리는 이렇게 존재할 수 있습니다' 같다. 「옥텟」
과 같은 작품에서 소수만이 알아들을 수 있는 이상하고
비틀린 대화가 들려오지만 결국엔 어떤 보편성을 겨누
고 있는 것처럼 보인다. 개인의 내밀함 속으로 빠지지 않
고 소통과 연대의 가능성을 품고 있다. 그래서 「조그만
이모들이 우글거리는 나라」에는 조그만 가능성에도 즐

거워하며 무용해 보이는 내기를 하는 '우리'들이 등장한
다. 즐거움과 내기가 전부가 아니다. '조그만 이모들'로
서 '벽'을 향한 질문을 함께 던진다는 것이 중요하다. 성
장과 변화의 가능성이 거기에 담겨 있기 때문이다. 조그
맣게 우글거리며 '다름'을 생산해내자고 제안하는 목소
리라고 할 수 있다.

요정이 왔다

요정은 굶주림의 신으로 분장을 하고
스판덱스를 입고

나의 손등에 글리세린을 바르고
두 번 세 번 바르고

이것은 어디서 본 장면인데

(…)

웃을까 굶주림의 신은 웃겠지 주린 배를 움켜잡고 폭소

를 터뜨릴 것이다 옆구리가 찢어지고 톱밥과 대팻밥이 쏟아지고 거죽만 남아 의자에 늘어져서

해가 진 후에

떠오르지 않는 나의 역할과 함께

걸레를 들고 우두커니

신해욱, 「걸레를 들고 우두커니」(부분)[*]

요정은 만화영화 속에나 짠하고 등장해야 하는데 바깥 세상에 자꾸 기입된다. 「난생설화」「수안보」「영구 인플레이션에서의 부드러운 탈출」 등의 작품에서 요정이 목격된다. 상식이랄 게 없는 세상에서 머리를 긁적이며 만나게 되고(「홀로 독」), "상한 달걀의", "퇴폐적인 냄새"를 풍기기도 한다(「드링크」). 멀리 동떨어진 것을 불현듯

[*]   위 책, 110~111쪽

접붙이는 느낌이라고 해야 할까. 그 뒤틀림과 불편함마저도 우리가 겪고 있는 현실인가, 그래서 요정의 존재가 필요했나, 궁금증이 생긴다. 도저히 어울리지 않는 것들이 난데없이 출현하는 것이 우리의 삶이고, 그런 삶의 비루함을 드러내는 방식이 필요했던 것일까.

끝내 털어내지 못하고 마지막까지 남는 깃털 같은 것, 먼지 같은 것, 얼룩 같은 것. 그것을 우리의 그림자라고 해야 할까. 일상의 반복 속에 우두커니 놓여 있는 그림자를 친구 삼아 식사는 계속된다. 종근당에서, 수안보에서, 국립도서관에서, 을지로에서 목격되는 '나'이다. 나무젓가락이 없는 집에서 불을 꺼놓고 밥을 먹는 일(「나무젓가락이 없는 집」), 추한 복도에 서서 차가운 형광등 불빛 아래 비열한 환상에 젖어 약을 삼키는 일(「종근당에 갔다」), 온갖 것의 다음을 외치며 가계부를 쓰는 일(「몬순」), 말석에 앉아 죽은 닭을 먹는 일(「말복 만찬」)이 반복된다. 이 반복은 여름이 가고 있고 놓고 왔을 리 없다고 되뇌며 뒤를 돌아보는 '도저한' 나(「여름이 가고 있다」)가 아직 살아 있기 때문이다.

검은 생각에 사로잡힌 강가의 사람을 기다리며 경단

나눠 먹자고 기다렸던 사람에게 곧 좋은 생각이 떠오를지도 모르겠다. 산 사람이 만드는 절망만큼 순수한 것이 또 있을까. 도저한 허무에도 불구하고 그 절망의 깊이로 인간은 또 한 발짝 나아갈 수 있지 않을까.

5

미치지
않도록,
책

돋보기를 들어야
볼 수 있어요

브론테 자매의 작은 책들

"난폭한 현실 속에서 다정한
희망으로 존재하는 상상력"

브론테 자매

잉글랜드 북부 하워스의 황야와 바람이 궁금해지고는 했다. 그곳의 척박한 땅을 직접 밟아보면 브론테 자매의 소설들을 더 잘 이해할 수 있을 것 같았다. 최근에 브론테 자매의 삶에 관한 이야기를 읽으며 어린 소녀들이 작은 책을 만들었다는 사실을 알게 되었다.* 돋보기로 들여다봐야 한다는 '조그만 책'들을 상상해본다. 종이가 귀한 시절 브론테 자매는 책 귀퉁이나 신문 모서리에 자신들만의 이야기를 작은 글자로 빽빽하게 적어 묶은 소책자를 만들었다고 한다. 이 '작은 책'은 외진 곳에서 목사의 딸로 살아가는 그녀들이 누릴 수 있는 유일한 즐거움이었을 것이다. 그 이야기들은 죽음과 가난, 어둠과 공포를 물리치는 힘을 발휘했던 것 같다. 에밀리 브론테는 상상력을 의인화하여 다정한 음성

---

* 데버러 러츠, 『브론테 자매 평전』, 박여영 옮김(뮤진트리, 2018) 참조

을 지닌 친구처럼 대한다.[*] 난폭한 현실 속에서 다정한 희망으로 존재하는 '상상력'의 놀라운 힘을 브론테 자매의 작품을 읽으며 실감하고는 한다.

200여 년 전 쓰인 브론테 자매의 소설에는 어김없이 '책'을 읽는 장면들이 등장한다. 에밀리의『폭풍의 언덕』에서 캐서린은 히스클리프에게 글자를 가르쳐주기 시작하는데, 부엌에서 한 권의 책을 함께 들여다보는 의붓 남매의 장난스럽고도 진지한 독서는 그들의 이루어질 수 없는 사랑을 애잔하게 보여준다. 샬럿의『제인 에어』에서 절망감과 상처를 극복하고 홀로서기에 성공한 제인이 불구의 몸이 된 로체스터의 산속 오두막에 찾아가 변함없는 자신의 사랑을 고백하는 방식은 책을 읽어주는 것이었다. 앤의『아그네스 그레이』에서 가정교사 일을 하는 아그네스는 버릇없는 중산층 아이들이 글자를 읽고 책을 들도록 인내심을 발휘하는데, 이 고행은 아그네스를 독립적이고 주체적인 여성으로 거듭나게 한다.

브론테 자매에게도 그랬지만 책을 더듬고, 만지고, 펼치

---

[*] 에밀리 브론테,『상상력에게』, 허현숙 옮김(민음사, 2020) 참조

고, 덮는 행위로서 독서는 사랑을 나누는 것과 닮아 있는 것 같다. 굳이 말하자면 좀 더 여성적이다. 그리고 여성들에게 열려 있다. 다시 말해 책은 세계를 향한 출구이자 자기 성장을 위한 징검돌이 된다. 책의 미래는 여성의 그것처럼 밝지는 않지만 책은 사라지지 않을 것이다.

책과 볼보

인간에게 있어 서사의 허구성 문제라면 요즘 한창 읽히는 유발 하라리의 책들이 생각난다. 호기심을 불러일으키는 책 제목들도 그렇지만 만만치 않은 두께 역시 꼭 읽어보고 싶도록 의욕을 부추긴다. 휴대하기 좋은 작고 얇은 책들을 선호하는 편이지만 두꺼운 책을 들면 뭔가 꼭 얘기하고 싶었던 게 아닐까 하는 생각이 들어 유혹을 물리치기 어렵다(가령 칼 세이건의 『창백한 푸른 점』은 인간의 무료한 오후를 덮고도 남는다). 유발 하라리의 책은 마치 '소설처럼' 재밌게 읽힌다. 인류의 역사와 발전 과정을 나름대로 재구성하는 그만의 방식이 흥미롭다. 그는 인류가 진화를 거듭하며 다른 생명체와 다르게 존재할 수 있었던 가장 중요한 이유로 허구에 대한 집단적인 믿음을 든다. 사피엔스는 객관적 실재와 가상적 실재라는 이중의 실재 속에 살아가게 되는데, 픽션을 창작할 능력이 없었다면 인간은 대규모의 협력을 효과적으로 이룰 수 없었을 것이라 말한다. 실체가 없는 관념에 대한 공동의 의지와 믿음이 인간 삶을 구성해가는 가장 중요한 역할을 해왔다는 견해이다. 인간과 침팬지 사이의 진정한 차이는 수많은 개인과 가족과 집단을 결속하는 '가공의 접착제'에 있다는 것이 중세 전쟁사를 전공한 그의 말이다. 이 접착제가 인간을 창조의 대가로 만들었다는 그의 말은 공감과 설득력을 얻고 있다. 유발 하라리가 예로 들었듯 스웨덴의 명차 '볼보'에 대한 사람들의 변치 않는 애정을 생각해보면 그렇긴 하다. 침팬지는 볼보에 흥미가 없다. 먹고, 자고, 종족을 보존하는 일을 제외하면 동물들은 좀처럼 무엇인가를 생산하고, 소유하고, 살육하는 데 흥미가 없다. 확실히 인간은 좀 더 멋지고 끈끈한 것을 갈망한다. 그리고 말과 언어에는 인간적인 상상력을 발휘하도록 자극하는 무엇인가가 있는 것 같다. 누군가 '소설을 쓰는' 것처럼 말한다면 꿍꿍이가 있다는 말이다. 위대한 기획을 하고 있는 중이라 말을 멈추기 어려운데 상상력의 속도야말로 빛보다 빠른 것이 아닐까.

한편 제인 구달과 베아트릭스 포터는 경험적으로 세계를 발견하고 구성해갔던 것 같다. 특별하고 전문적인 배움 없이 그저 좋아서, 인내심을 갖고 침팬지와의 생활을 기록했던 제인과 정원의 곰팡이에 매료되어 관찰하고 면밀하게 기록했던 베아트릭스. 그녀들은 침팬지와 곰팡이에 대해서라면 아카데미에서 연구하는 학자들 이상의 발견을 해냈다. 그녀들의 끈기 있는 기록과 아름다운 그림이 펼쳐진 노트들이 궁금하다. 종이의 매력은 그것이 글자와 그림을 품고서 호흡하고 바스러져간다는 것이리라. 품은 것을 인간들에게 살며시 혹은 격정적으로 내려놓고 말이다.

너의 목소리가
들려

출출한 오후에는 홍차와 마들렌보다 사사키 아타루가 더 좋다. 유럽 철학과 예술을 종횡무진하는 그의 도발적 글쓰기는 묘한 매력이 있다. 책은 곧 혁명이라고 이야기하며 그는 뜻밖에도 정보의 노예가 되지 않기 위해 라디오를 들으라고 말한다.[*]

라디오에서 이종환과 김기덕, 이문세와 신해철의 목소리를 들으며 보냈던 시기들 덕분일까. 특정 시그널을 들으면 마음은 붕어빵처럼 물렁하고 달고 뜨뜻해진다. 음성은 마음을 움직이는 가장 강력한 무기처럼 느껴진다. 음악이 아니라 목소리 말이다.

그런데 '목소리'에 대해 나는 끔찍한 기억을 갖고 있다. 1995년 나는 신입생이었다. 교양 수업 때 교수는 내 목소리와 어조가 너무나 형편없어 글의 내용이 잘 전달되지 않는다고 혹평했다. 같은 문단을 세 번이나 반복해서 읽도록 시켰는데, 그때 들었던 굴욕감 때문에 나는 평생 발표 울렁증을 겪어야 했다. 사람들 앞에서 글을 읽을 때면 심장이 터질 것 같아서 중요한 토론이나 세미나 자리에 가기 전에 우황청심환을 씹어 삼켜야 했다.

그런데 최근에서야 난 내 목소리의 특이점을 알게 되

---

[*] 사사키 아타루, 『잘라라, 기도하는 그 손을』, 송태욱 옮김 (자음과모음, 2012) 참조

었다. 낮은 목소리와 느린 말의 속도 때문에 외국인 학생들이 반가워했다. 방송 일을 오래하셨던 선생님 한 분은 내 목소리에 묘한 매력이 있다며 팟캐스트 진행을 맡기셨다. 시는 내 목소리를 다듬어주었다. 시를 읽어주는 일은 내 안의 불안과 떨림을 출현시키고, 이를 기억하게 만든다. 나는 내가 확고부동하고 완강한 목소리를 원하지 않는다는 것을 시를 읽으며 알게 되었다. 눈으로만 읽을 때와는 좀 다른 발견이라고 해야 할 것이다. 나는 시가 고요하게 출렁이며 건들거리는 것이 좋다. 어설픔을 감추기 위한 작은 떨림이 좋다. 책이 그런 시를 활자로 욱여넣고 있다면, 시인들의 목소리는 어쩔 수 없이 그걸 출현시키기 때문에 가끔씩은 시인의 목소리와 눈빛을 바라보는 특별한 즐거움이 있다. 시를 읽어주는 여자로 사는 일은 '책'에 나를 느슨하면서도 끈질기게 붙들어둔다.

빈곤한 시대 책 속에 길이 있었다면 요즘 책은 스타일이자 상품이다. 고행의 시대, 작가에게 미래의 비전을 요구했다면 요즘 저자들에게는 스타성을 요구하는 것 같다. 뭔가 다른 책, 뭔가 다른 저자들을 끊임없이 생산하게 만드는 마법 같은 창조성이 여전히 그 안에 있는 것일까.

'스푼'이 될 책

「코딱지 왕」의 미래

> "미래에도 계속될 '책'의 향기.
> 고통을 줄이는 에테르"

스푼과
코딱지

　　　　　어느 음악가는 책을 '스푼'에
비유했다고 한다. 영혼의 양식을 떠먹여주는 도구로서 말
이다. '스푼'으로서 책은 맛있는 것이든 맛없는 것이든,
몸에 좋은 음식이든 나쁜 음식이든 머릿속에 뭔가를 넣어
주기는 하는 것 같다. 때때로 머릿속에 있는 것을 꺼내주
기도 한다. 이 스푼을 직접 만드는 일을 아이들은 무척 좋
아한다. 한두 장의 종이만 있으면 스푼과 같은 입체감이
뚝딱 생기고는 한다. 큰딸아이가 어느 날 내게 만들어준
책은 세로 9센티미터, 가로 7.5센티미터 판형의 10페이
지짜리 조그만 동화책이었다. 제본 대신 여러 장의 종이
를 겹쳐 작은 고리로 묶었다. 그렇게 이야기는 부피를 갖
게 되었는데 제목은 「코딱지 왕」. 외로운 소년 '조'가 주
인공인데 책 속에는 코딱지가 바글바글 잔뜩 그려졌다.
책의 내용은 이렇다.

그 코딱지는 소파에 붙였어요.

날이 점점 지나가자, 코딱지 소파가 되었어요.

조는 코딱지로 왕관도 만들었어요.

조는 이제 코딱지 왕이 되었어요. 백성들도 만들었으니까요.

조는 이제 혼자 있어도 심심하지 않아요. 코딱지 왕이 되었으니까요!

바글바글한 코딱지가 웃기다. 외로움을 떨치기 위해 (우연한) 자리에 코딱지 소파가 출현하고, 코딱지로 왕관을 만들고 백성까지 만드는 조의 이야기는 조금 슬픈 것 같기도 하다. 처음에 코딱지는 노란색으로 칠해져 있는데 마지막 거대한 코딱지는 황금색 펄이 들어간 볼펜으로 칠해져 있다. 누런 코딱지에서 황금 코딱지가 되는 시간을 거치며 외로움은 극복되는 것이 아닐까. 그걸 코딱지의 위로라고 해두자. 작은 코딱지들이 모여 의자를 이루는 실물성이 조가 왕이 되게 했다면, '책'은 그것을 거뜬하게 지지한다. 기록과 창조의 숟가락으로서 말이다.

이건 좀 다른 얘기.

〈살인의 막장〉이라는 엽기 호러 단편영화가 있는데, 여기에 나오는 숟가락 살인마 '키노사지'는 숟가락을 들고 끝까지 쫓아오며 자꾸만 때려서 골치가 아프다. 때리고 또 때린다. 아파서가 아니라 집요함이 사람을 미치게 한다. 칼과 총과는 비교되지 않게 숟가락으로 사람을 죽이는 일은 퍽 더딜 것이다. 숟가락으로 젤리나 요거트를 떠먹을 수도 있고, 인간의 눈알이나 뇌를 파낼 수도 있다는 생각에 이르면 망상의 고리를 끊기 어려운데, 아이들은 아랑곳하지 않고 이면지를 가져다가 자꾸 '스푼'을 만들어댄다. 간혹 이면지를 뒤집어 엄마가 쓰다 만 엉망인 시를 저희들끼리 읽어보며 킥킥거린다. 스푼을 만드는 손들, 코딱지 왕들 덕분에 분노와 허무의 줄다리기를 타며 오늘도 미치지 않고서 하루를 보낼 수 있었다. 미래에도 계속될 '책'의 향기. 고통을 줄이는 에테르. 이 마취제가 없다면 어떤 이들의 삶은 다소 불가능할지도 모르겠다.

책을 덮고
삶을 펼치기 위해

자본주의에서 살아남은 거부들의 잘 알려진 취미 중에 하나가 독서다. 워렌 버핏, 피터 린치, 빌 게이츠, 스티브 잡스 같은 사람들 말이다. 그들이 끊임없이 책을 읽는다는 것이다. 기술과 자본이 일을 하기 때문에 노동자들보다 상대적으로 시간이 많기도 하겠지만, 손에서 책이 떠나지 않는 이유 중 하나는 책이 가장 효과적으로 일과 자신 사이의 거리감을 부여해주고, 독서 시간이 다시 무엇인가를 생각하게 하는 힘을 가져다주기 때문일 것이다. 이 시대는 확실히 앎이나 지식 자체보다는 그것을 활용하는 능력(기술의 대중화, 콘텐츠 제작, 상품 홍보력, 유통 장악력 등)이 중요할 텐데, 사람을 조정하고 삶을 바꾸게 하는 깊은 이해야말로 책이 가장 잘 알려주는 것 중 하나인 것 같다. 책은 우리에게 책을 덮고 나가서 멋진 삶을 펼치기를 주문한다.* 책을 덮고 책 바깥에서 삶을 구하라는 네루다의 시야말로 명백하게 책을 기리는 노래라고 할 수 있다. 거리를 걸으며 인생을 배우고 사랑을 배우기 위해 책을 덮어야 한다는 것은, 역설적으로 책을 여는 어떤 순간에 대한 필요성을 일깨운다. 책은 자그마한 숲이며, 향기이며, 아름다움이며, 승리이다. 책을 덮고 나만의 삶을 펼치려면, 일단 책을 들고 읽는 일이 필요하다는 역설을 네루다는 참 멋지게 적어두었다.

현실과 초현실 사이를 오가는 혁명가로서 네루다의 작품을 우리는 꽤 소비해왔다. 문득 우리 사회에는 상상력이 풍부한, 수사와 비유를 이해하는, 역설과 아이러니를

---

* 파블로 네루다, 「책을 기리는 노래 1」, 『너를 닫을 때 나는 삶을 연다』, 김현균 옮김(민음사, 2019) 참조

구사할 줄 아는 정치가가 왜 그리 적을까라는 의문이 들었다. 상식이 통하지 않고 공동선에 대한 의지가 없는 사람들에게 너무 큰 바람일까. 관공서와 회사, 병원 등에 작은 도서관 짓기기 유행이고, 동네마다 책방과 독립 서점이 많이 생기고 있으니 지금과는 다른 날들을 상상해본다. 종이가 이 시간들을 날카롭게 베어내기를 말이다. 한밤 중 도서관의 불빛은 종종 커다란 배가 표류하는 것처럼 아름답고 위태로워 보이고는 한다.

사랑스러운 곰팡이들

"여전히 잘 살아가기도 하는 친구들,
안녕? 안녕!"

반갑다,
곰팡이

입이 짧은 막내는 먹을 것을 주면 손에 꼭 쥐고 있다가 소파 아래 슬쩍 밀어 넣는다. 작고 마른 아이에게 무엇 하나 더 먹이려는 엄마로서 나는 구석구석 버려진 음식을 보면 한숨이 나온다.

아이들은 엄마와는 좀 다르다. 말라붙어 쪼그라진 음식물들을 유심히 들여다본다. 어느 날엔가는 곰팡이 핀 귤을 치우지 못하게 하고는 전자현미경을 들고 온다. 너무 아름답다는 것. 서로 먼저 보겠다고 싸운다(우리 집에는 네 마리의 고집불통 토끼들이 산다). 그렇지, 곰팡이도 일종의 꽃이라 해야 할까. 큰애는 자기 현미경이니 자기만 보겠다고 하고, 막내는 자기가 버린 음식이니 곰팡이도 자기 것처럼 군다. 둘째는 언니 쪽에 붙어서 살살거리고, 셋째는 막무가내로 덤비며 악을 쓴다. 기어이 사진을 찍어 출력해서 나눠 가질 때까지 썩은 귤 하나를 치우기 위해 엄마인 나는 오랜 시간을 기다려야 했다.

산책길에서 들꽃을 마구 꺾어 오고, 달팽이나 지렁이를 잡아 오고, 돌멩이나 나뭇가지를 주워 오는 아이들의 취향을 존중하는 데는 많은 인내심이 필요하다고 생각한 순간 어린 시절의 내가 생각났다. 나 역시 그랬던 것 같다. 골목길에 쪼그려 앉아 축축하고 부드러운 이끼를 들여다보는 것을 좋아했다. 야쿠르트를 다 먹지 않고 일부러 남겨두고 날파리를 불러들였다. 크래커 부스러기를 향해 줄지어 오는 개미들을 꼭꼭 눌러 죽이기도 했다. 돌멩이로 붉은 벽돌을 쪼아댔다. 손톱 밑이 까매지도록 흙을 파고 또 팠다.

그 무의미한 행동에는 무료함과 두려움 같은 게 있었을까. 아니다, 별 생각 없이 그랬다. 그냥 재밌으니까. 허리를 길게 늘이는 담장 위의 길고양이들과 눈을 맞추는 일. 세워둔 리어카의 고무바퀴를 빙글빙글 돌리며 저녁 시간을 보내던 일. 변두리 골목길은 할 것이 많아서 좋았다. 그 '골목길'은 내 마음의 풍경으로 자리 잡았으며 살아가면서 때때로 불려 나오고는 한다. 지금은 그 동네가 개발돼서 아파트가 들어섰고 가지런히 보도블록이

깔렸다. 어느 동네나 비슷한 모습이 되어버린 세태에 반
감이 들지만 그 속에서도 아이들이란 저마다 놀거리를
찾아 분주하다. 야생의 숲과 들은 멀고, 조성된 공원과
설계된 놀이터가 가까운 이곳에서 아이들이 베아트릭
스처럼 자유롭고 현명하게 자라길 바라지만 그런 엄마
마음대로 되기란 무척 어려울 것이다.

토끼가 지킨
땅들

헬렌 베아트릭스 포터(Helen
Beatrix Potter, 1866~1943)는 피터 래빗을 탄생시킨 동화 작
가이자 환경 운동가이다. 1866년 영국 런던 태생으로 학교
를 다니지 않고 집에서 동식물을 관찰하고 기록하며 지냈
다. 특히 균류(버섯)에 대한 섬세하고 아름다운 스케치와
보고서는 당대 공식적으로는 인정받지 못했지만 아카데
미에서 연구하는 학자들 이상의 것으로 균류 연구의 선구
적 업적으로 남았다고 한다.

그녀는 식물 이외에도 온갖 동물들과 함께 정원이나

농장에서 시간을 보냈다. 특히 그녀의 애완 토끼를 모델로 한 이야기는 전 세계적 베스트셀러가 되었으며 캐릭터 창조의 원조라고 할 수 있다. 그러니까 1902년 귀여운 삽화와 따뜻한 모험담이 펼쳐지는 『피터 래빗 이야기』가 출간되었고 이후 스무 편 넘게 연속 간행되었다.

애초에 이 책은 포터가 가정교사의 어린 아들 노엘이 아프다는 얘기를 듣고 소년을 위로하기 위해 지었다고 한다. 처음에는 모든 출판사에서 거절당하여 자비 출판하였으나 의외로 반응이 좋아서 정식 출간되었다. 그녀는 자신의 작품을 지지해주는 편집자 노먼과 사랑에 빠지지만 약혼한 지 얼마 지나지 않아 그가 병으로 죽게 된다.

그녀는 상실감을 극복하기 위해 잉글랜드 북서부 지역으로 이사한다. 그리고 집필 공간인 힐탑하우스 인근 레이크디스트릭트 지방의 주변 농장을 약 500만 평이나 사들였으며, 그곳의 개발을 저지하고 환경 운동에 앞장선다. 판권 수익과 저작료로 '땅'을 사들이고 그대로 보존함으로써 무분별한 개발을 막을 수 있었다(우리의 땅에 대한 이해와 얼마나 다른가). 나중에 지역 변호사 윌리엄과 결혼하여 함께 이 운동을 지속하였으며 내셔널트러스트재

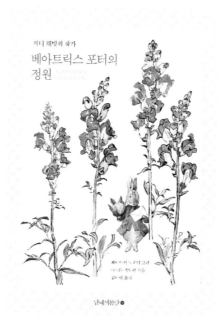

당대 여성에게 주어지던 틀을 벗어나 자신만의 세계를 일군
베아트릭스 포터의 정원 이야기가 펼쳐진다.

단에 재산을 기부하였는데, 그곳은 세계적으로 가장 잘
보존되어 있는 청정 지역 중의 하나라고 한다.

오늘은 아이들과 토끼의 모험담을 읽어본다. 어쩌자
고 원서를 산 것인지 잘 모르겠지만 아이들은 엄마의 어설픈 번역에도 불구하고 귀 기울여 듣는다.

　　옛날 옛날에 네 마리 토끼가 살았다는 이야기야. 플롭시, 몹시, 코튼테일, 피터라 불리는 아기 토끼들은 커다란 나무 아래 뿌리가 불쑥 솟아오른 모래 둔덕에 집을 짓고 엄마 토끼와 함께 지냈지. 세 토끼가 엄마 말씀을 따라 착하게 블랙베리를 모으는 동안 피터는 엄마 토끼의 말을 어기고 맥그리거 씨 정원으로 갔어. (…)

　　시집이나 산문집을 팔아 땅을 살 수 있을 것 같지는 않다. 내게는 땅을 보호할 방법이 없다. 그래서 오늘도 아이들과 빈둥거리며 동네 한 바퀴를 돌고 버려진 화초들을 주워다 살린다. 잡초를 꺾어다가 플라스틱 병에 아무렇게나 꽂아둔다. 물을 주고, 햇볕을 쬐어주고, 창문을 열어둔다.

　　오늘 아침 열대어가 낳은 알에서 새끼 물고기들이 깨어나 어항에서 꼬물거리듯 헤엄치는 것을 보고 아이들은 학교에 가기 싫어했다. 나비, 잠자리, 무당벌레, 하늘소, 풍뎅이, 노린재, 사마귀, 메뚜기, 여치, 달팽이, 지렁이, 올챙이, 소라게, 다슬기, 물땡땡이, 공벌레, 사슴벌레, 장수풍뎅이, 도롱뇽, 새우, 가재, 햄스터. 우리 집을 거쳐 간 많은 곤충과 동물 들. 기르다 놔주기도 하고, 죽기도 하고, 여전히 잘 살아가기도 하는 친구들, 안녕? 안녕!

시싱허스트
정원의 '벽'

비타 색빌웨스트가 정원을 가꾸는 이유

> "내가 돌보는 네 마리 토끼들이
> 자신만의 정원을 가꾸기 바란다"

내 안의 어린 '나'를
지킨다는 것

아이들과 알콩달콩한 시간만 보낼 수 있는 것은 아니다. 때때로 이토록 고단한 삶을 유지하는 이유에 대해서, 허물어져가는 몸과 마음을 어쩌지 못하고 하루하루 이어지는 생활에 대해서 스스로에게 묻고는 한다. 문득 비타 색빌웨스트(Vita Sackville-West, 1892~1962)가 생각났다. 당장에라도 그녀가 평생을 가꾸어온 시싱허스트 정원의 아름다운 벽들이 보고 싶어졌지만, 역시 영국 켄트주로는 떠나지 못했다. 해야 할 일과 유지해야 할 일상이 딱 버티고 있으니.

작가 비타 색빌웨스트의 삶에 대한 이야기는 19금이다. 동성애와 혼외정사 때문이지만 그녀가 가꾸어놓은 아름다운 정원을 생각해보면 그 삶은 또 그렇지가 않다. 애초에 허물어져가는 성을 싼값에 사들여 정원을 가꾸기 시작한 것은 아버지의 유산을 사촌이 상속받은 이후의 일이었다. 오늘날과는 달리 딸은 상속권이 없었던 시대였다. 단순히 아버지의 유산을 받지 못한 불만 때문은 아니었을 것이다. 유년 시절을 보낸 집이라는 공간은 단순히 거주지가 아니라 기억의 저장소이며 근원적 감정을 제공하는 곳이다. 그곳을 빼앗겼다는 것은 유년기의 상실이라 할 만하다.

동성애 취향과 혼외정사와는 별개로 그녀가 자신의 내적 공간을 복원하는 일은 현재 삶을 유지하는 데 꼭 필요한 일이었을 것 같다. 남편이나 아이들과의 생활을 유지하며, 함께 정원을 가꾸고, 자신이 원하는 여성들을 실컷 만날 수 있었던 그녀의 내면을 상상하는 것이 쉽지는 않다. 그녀처럼 적극적이고 자신감 넘치게 살지 못하는 나자신을 들여다보는 일도 쉽지는 않다. 비타 색빌웨스트가 그랬던 것처럼 어린 시절을 복원한다면 내게는 좁은 골목길과 낮은 담장, 마당과 우물 같은 것이 필요할 것이다. 길고양이와 리어카, 붉은 벽돌, 공사장 모래 같은 것과 함께 말이다. 물론 거기에는 깨진 바가지, 허공을 가르는 호스, 날아가는 밥솥 같은 것도 있지만 말이다.

아버지의
베란다

중증 코르사코프 증후군 환자 지미는 유년기만을 부분적으로 기억하고 성인이 된 시기(1945년 이후)의 기억을 전부 잃었다.[*] 바로 몇 초 전에 일어난 일도 기억하지 못하는 그는 초조하고 불안한 상태로 단지 현재에만 뾰족하게 서 있다. 신경학자 올리버 색스는 치료 과정에서 그에게 일기 쓰기와 레크리에이션을 권한다. 하지만 기분이라고 해야 할 현재적 감정이 결핍되어 시간의 지속성을 인지하며 살기 어려운 환자에게 별 의미가 없는 일이었다.

그가 유일하게 긍정적으로 반응한 것은 정원 가꾸기와 성당 미사였다. 어린 시절 정원의 모습을 반추하는 것은 가능했으며, 모든 현재가 낱낱이 개별적으로 존재하는 순간에도 신과의 대면과 합일 앞에 충일감을 느끼고는 하였다. 나뭇가지를 자르고 꽃을 가꾸는 현재 속에서, 지금까지 살아온 시간이 조금이나마 의미 있게 반추될 수 있다

---

[*] 올리버 색스, 『아내를 모자로 착각한 남자』, 조석현 옮김(알마, 2016) 참조

는 사실을 알고 나는 아버지가 떠올랐다. 고된 노동과 사업 실패에 시달렸던 젊은 아버지는 이제 자연스럽게 할아버지가 되었다. 아버지는 더 이상 일하지 않아도 되는 시간을 견디기 위해 베란다를 화분들로 채우셨다. 베란다에 앉아 계신 아버지의 등을 바라보는 일은 무척 쓸쓸하다. 그 베란다가 너무 깨끗하고 아름답게 가꾸어지는 것을 볼 때마다 아버지의 외로움을 대면하게 된다. 최근에는 건강이 좋지 않아 외출을 거의 못 하시는 어머니를 위해 아버지는 꽃꽂이를 하신다. 집 안 가득 다양하고 화사한 꽃들로 채우시고는 한다. 설거지와 청소도 도맡아 하신다. 더 이상 잔심부름을 시키는 무뚝뚝하고 권위적인 아버지가 아니어서 자식들은 미안하고 안타까운 마음을 어쩌지 못한다. 사람에게는 안팎으로 공간이 필요하고 그것을 가꾸려는 의지로 삶은 유지되는 것 같다.

다른 미래를
꿈꾸며

언젠가 병원에서 우두커니 진

료 시간을 기다리며 보았던 드라마 〈동백꽃 필 무렵〉은 무척 흥미로웠다. 첫사랑은 떠났지만 '동백'이에게 어린 아들 '필구'와 경찰 애인 '용식이', 동생처럼 구는 알바생 '향미'가 있어 새로운 가족을 이루었다. 기존의 가족 관념과 뻔한 애정사를 깨부수는 모습은 통쾌하고 즐거웠다. 불안하고 아슬아슬한 관계지만 시장 골목 다이애나 동백이와 옴므파탈 용식이를 응원하게 되었다. '살이(살다)'의 창조는 여전히 무엇을 어떻게 사랑하는가의 문제인 것 같다.

사랑이든 우정이든, 부모든 형제든, 인간이든 동식물이든 더 다양한 방식으로 가족은 꾸려질 것이고 나와 같은 방식만이 미래에도 정답이 될 것 같지는 않다. 그래서 '살이(살다)'에 대한 궁극의 질문은 대답하기 어렵고 내가 답할 만한 성질의 것도 아닌 것 같다. 여성으로서 나 자신이 처한 조건과 상황에 대한 무지와 방기가 후회스럽고 고통스러울 때가 많다. 다른 형태의 삶을 살더라도 완전무결하지는 않을 것이니, 나는 다만 아이들이 그린 그림을 오래 공들여 살펴보고, 저녁마다 남편과 술을 마시며 길게 수다를 떤다. 장터와 바자회를 돌아다니기 좋아하며, 남들이 쓰다 버린 낡고 오래된 물건들을 들여다 보고는 한다. 꽃꽂이와 공예를 배우고, 요가와 발레를 익히는 중이다. 최근에는 아이들이 보습 학원과 학습지를 모두 끊었다. 수영과 자전거를 배우고, 공원과 놀이터 생활을 즐긴다. 아이들이 정규 학교교육을 무사히 마치면 함께 꽃가게나 공방을 하는 것이 어떨까 싶어서 골목길의 가게들을 눈여겨 둘러본다. 작은 가게들을 기웃거리는 소소한 즐거움을 느끼며, 요즘에는 여성들의 삶을 탐구하고, 다른 미래의 가능성을 구상해본다. 현명하게 시간을 창조하는 법을 배우기 위해 다시 주변을 둘러보게 된 것이다. 나는 엄마로서 내가 돌보는 네 마리 토끼들이 잘 자라서 개성적이고 독립적인 삶을 유지하기 원하며, 자신만의 내면의 정원을 가꾸기 바란다. 거기에는 이제껏 없는 다양한 삶의 형태에 대한 개방성이 포함되어 있다.

일주일에 한 번만 학교를 가도, 하루 종일 마스크를 쓰고도 아이들은 저희들끼리 무척 즐겁다. 아이들의 무지와 순수함이 어른인 나의 걱정과 불안보다 힘이 세서 오늘도 무사히 하루를 건넌다.